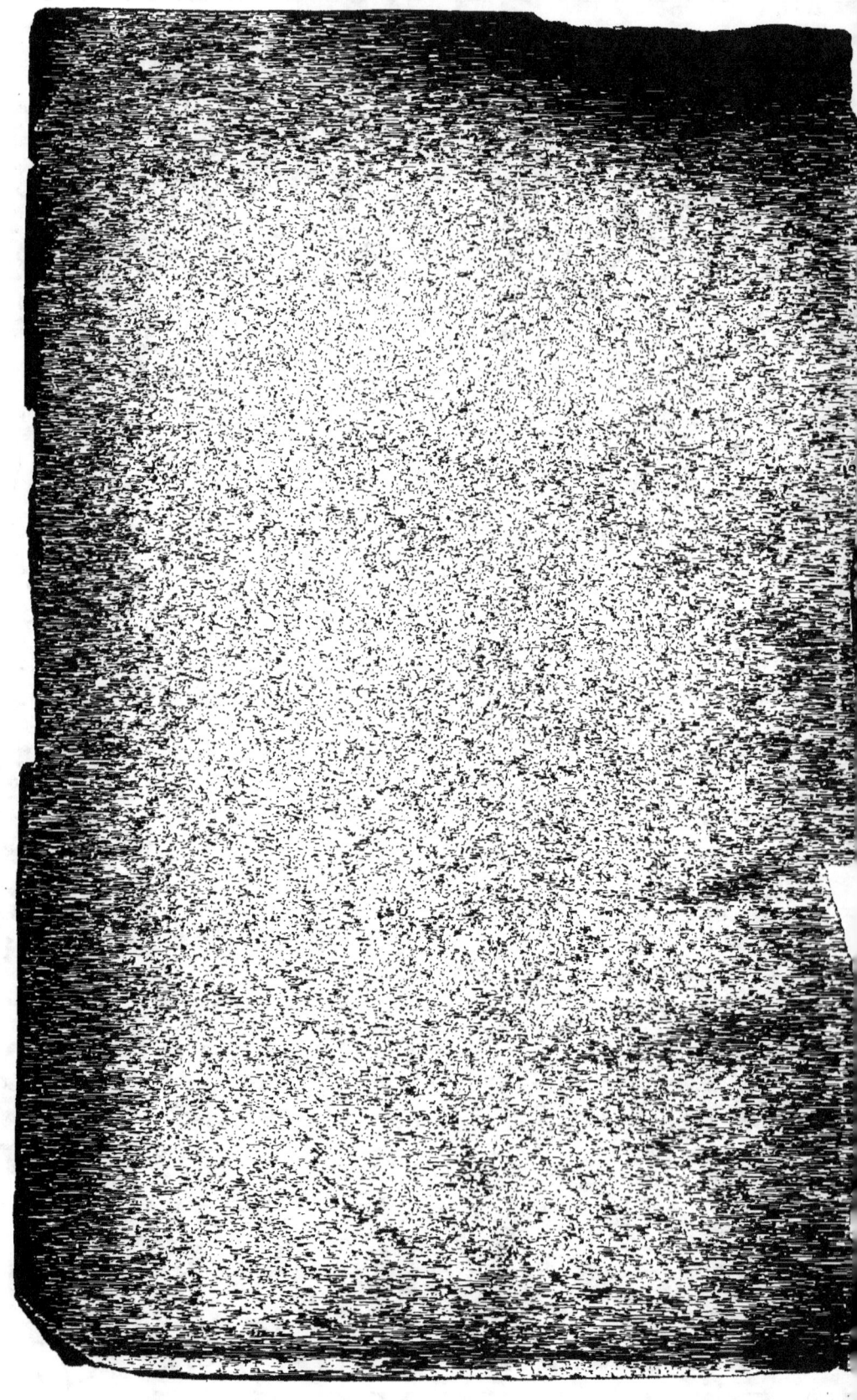

(Voir le titre à la page 9)

LES GRANDES CHASSES

———

2e SÉRIE PETIT IN-8°.

(Par Bénédict-Henry Révoil)

LES
GRANDES CHASSES

PAR

BÉNÉDICT-HENRY RÉVOIL.

LIMOGES
EUGÈNE ARDANT ET Cⁱᵉ, ÉDITEURS.

GRANDES CHASSES

___

UNE PARTIE DE CHASSE

AU BŒUF SAUVAGE

___

Tout le monde se fait chasseur dans nos
colonies de l'Atlantique, pendant l'hivernage
qui commence en août pour finir en octobre,
et s'annonce régulièrement par des bour-
rasques du sud-ouest (prononcez sur-ouât)
et des pluies torrentielles. C'est l'époque où
les oiseaux de marais, qui résident pendant

7

la belle saison au milieu des grands lacs
de l'Amérique du Nord, émigrent par bandes
nombreuses pour aller chercher, sous un
ciel plus tempéré, la nourriture qui va leur
manquer dans les régions boréales. On voit
alors des myriades de canards, de pluviers,
de courlis, de palmipèdes et d'échassiers de
toute espèce, prendre leur vol par dessus
les immensités de l'océan et faire une étape
de quelques heures aux terres tropicales qui
se trouvent sur leur route.

Dès la première apparition de ces émi-
grants, les plages les plus désertes de la
Martinique se peuplent, comme par enchan-
tement, de chasseurs aux nuances les plus
variées entre le blanc et le noir, armés qui
d'un élégant fusil à deux coups, qui d'une
vieille carabine à silex, un autre d'un trom-
blon à la gueule évasée et détonnant comme
une pièce de quatre. La pluie tombe par torrents, mais chacun reste ferme à son poste,
le doigt sur la gachette et prêt à faire feu
sur tout ce qui vole, fût-ce un oiseau-mou-

che. Malheur alors au pluvier, égaré loin de sa bande, qui s'aventure sur cette plage inhospitalière, trente, quarante coups de fusil le saluent sur son passage, et s'il tombe sous ce feu de file, sa carcasse en lambeaux devient l'objet d'une lutte acharnée entre ses bourreaux.

Il faut pour que la chasse soit fructueuse, que le vent se soit maintenu au sud-ouest, pendant les premières heures de la matinée. On voit alors arriver du large, à tire d'ailes, des nuées de pluviers dorés dont les rangs pressés obscurcissent l'air, et qui se déploient en longues spirales pour s'abattre sur le sol que la pluie a transformé en marécage, et qui leur offre à la fois la picorée et le repos.

C'est l'heure du triomphe pour les chasseurs émérites, pour ceux qu'une longue expérience a mis au courant des allures des pluviers; leurs décharges, savamment calculées opèrent de larges éclairies dans les rangs qui se resserrent aussitôt, et bientôt

le sol se trouve jonché de morts et de mou-
rants ; mais l'œuvre de destruction ne s'ar-
rête pas pour cela, et c'est la nuit qui seule
met fin à ce massacre des innocents.

Cette chasse aux oiseaux de passage ne
dure guère au delà de six semaines. Il
existe pourtant du gibier à demeure sur le
territoire de la Martinique. Ce sont des com-
pagnies de perdrix au plumage fauve, de la
grosseur de nos bartavelles, et une espèce
de petite caille, aux ailes quadrillées de
bleu, et aux pattes roses improprement
appelée ortolan. Mais cette chasse est remplie
de dangers, à cause des serpents venimeux
qui infestent l'île et dont la morsure est fré-
quemment mortelle. Cette espèce de serpent
connue sous le nom de fer-de-lance (*botrops
lanceous*) n'existe que dans deux des Antilles
du vent, la Martinique et Sainte-Lucie,
où l'on a fait jusqu'à présent de vaines ten-
tatives pour les détruire.

En dehors de ces diverses chasses aux-
quelles, en dépit de ma profonde horreur

des serpents, j'ai souvent pris part pendant les quelques années que j'ai passées à la Martinique, il en est une tout exceptionnelle qui m'a laissé de gais souvenirs, c'est celle de bœufs et de moutons sauvages à la pointe de la Caravelle.

On se demandera sans doute comment de si gros animaux peuvent se trouver à l'état sauvage dans une île qui n'a pas plus de trente-six lieues de tour. Les traditions locales ne sont pas d'accord sur ce fait. Les unes supposent qu'ils sont le produit des premiers échantillons de leur race qui ont été introduits dans la colonie par MM. d'Esnambuc et Duparquet, ses fondateurs, et que, relégués dans la presqu'île de la Caravelle, d'un accès difficile, pendant la longue période de nos guerres contre les Anglais, ils y ont recouvré leurs instincts d'indépendance et de liberté; les autres prétendent, au contraire, qu'ils se sont réfugiés dans ces vastes solitudes à la suite d'un cataclysme volcanique et qu'on les y a abandonnés. Ces bœufs sont de petite taille, mais trapus, d'un pelage multicolore, et d'humeur agressive. Quant aux moutons, qui ne diffèrent de ceux de l'Europe que par leur toison qui ressemble plus à du poil qu'à de la laine, ils sont farouches et agiles comme des kanguroos.

Trois chasseurs d'élite, MM. Ludovic L***, de Sainte-Marie, Balin d'A***, du Gros-Morne, et le comte de M***, du Lamentin, s'étaient associés pour une partie de chasse à la pointe de la Caravelle. Ils voulurent bien m'inviter pour compléter un quatuor, et à minuit, par un beau clair de lune, nous nous embarquions à bord d'un petit cutter appartenant à M. L***, et complétement approvisionné en vue de cette expédition ; tout l'équipage se composait de six esclaves de l'habitation L***, excellents matelots et chasseurs au besoin.

A cinq heures du matin, nous jetions l'ancre à la pointe nord-ouest de la Caravelle, dans une crique frangée par une côte à pic. Le youyou, suspendu en porte-man-

tèau à l'arrière du petit navire, nous trans-
porta deux par deux à terre, où nous
rejoignirent bientôt cinq de nos hommes
chargés de provisions de bouche. Le sixième,
qui remplissait les fonctions de contre-
maître, resta à bord, chargé de la garde du
bâtiment.

A peine débarqués nous nous mîmes en
route; il fallut pour commencer, gravir une
falaise escarpée, aux dépens de nos panta-
lons qui se trouvèrent fort avariés de cette
ascension, mais heureusement nous avions
pour chef de file M. Balin, qui connaissait
tous les mystères de cette terre inconnue, et
après un quart d'heure d'efforts et de glis-
sades, nous prîmes pied sur le plateau de la
falaise.

M. Balin d'A***, que je ne saurais mieux
comparer à cause de sa haute taille, de ses
membres secs et nerveux, qu'au célèbre
Bas-de-Cuir de Cooper, se maintenait toujours en tête de notre petite caravane; quant
à moi, je restai invariablement à la queue,

très préoccupé je l'avoue, des reptiles qui pouvaient être embusqués sur notre passage, l'œil rivé aux touffes d'herbes, l'oreille à l'affût du moindre bruissement dans les feuilles sèches, et prêts à sauter hors des rangs à la première apparition d'un animal rampant, quel qu'il fût.

Nous suivîmes d'abord le lit desséché d'un torrent dont les berges se cachaient sous une épaisse frondaison. Au sortir de là, il fallut encore franchir une nouvelle arête de rochers, et enfin nous atteignîmes la plaine. Le premier objet sur lequel s'arrêtèrent nos regards, était un *ajoupa*, hutte en bambou dont une partie de la couverture en feuilles de palmiers s'était effondée sous les attaques du vent et de la pluie.

— Voici l'hôtel, s'écria M. d'A***, que chacun prépare ses armes et décroche le *mabouya* (boire un coup de rhum); allons, garçons, ajouta-t-il, en s'adressant aux nègres qui nous suivaient, rincez-vous la gorge avec une goutte de tafia, et nettoyez-

moi cette salle à manger, nous en aurons
bientôt besoin. *Si tini bête là dans ou pas laissé
yo, ou-tan* (s'il y a quelque bête là-dedans,
ne la laissez pas, entendez-vous).

Ces messieurs se mirent aussitôt à l'œuvre ; la toiture fut relevée tant bien que mal,
et il ne se trouva rien de nature à gêner notre
prise de possession.

Avant que cette opération fut terminée,
nous nous étions déjà remis en route.
M. d'A***, qu'aucun obstacle ne semblait
rebuter, nous faisait passer par des sentiers
impossibles, qu'il devinait plus qu'il ne les
voyait, et nous le suivions sans nous plain-
dre, tout en maugréant en *a parte* contre son
inaltérable gaîté que les difficultés de la
route semblaient encore augmenter.

Il fallut pourtant s'arrêter devant un épais
fourré de lianes enchevêtrées de ronces
qu'il était vraiment impossible de traverser
sans y laisser jusqu'au dernier lambeau de
nos vêtements. Le comte de M*** chargé
d'embonpoint, bien que jeune encore, en

parut fort aise, car il poussa un soupir d'hip-
popotame, et s'arrêta brusquement, comme
s'il eût pris racine en terre ; de mon côté, je
profitai de ce moment de repos pour essuyer
mon front trempé de sueur, et m'éventer
de mon panama, car le soleil s'élevait déjà
au dessus de l'horizon.

Dans ce moment arrivèrent les nègres que
nous avions laissés en arrière. Sur l'ordre
de M. d'A*** ils se mirent à saper à coups
de coutelas la barrière qui nous faisait obstacle. Au delà, les grands arbres étaient
plus espacés et d'épaisses touffes de bam-
boux, dont la base était de la grosseur du
corps d'un enfant perçaient de leurs flèches
aiguës les hautes cimes des ébéniers et des
mahoganis (acajous).

— Nous voilà presque arrivés, nous dit
M. d'A*** d'une voix contenue, les savanes
noyées sont à cent pas de nous, et il faut,
si nous voulons surprendre l'ennemi, nous
en approcher avec le moins de bruit possible.
Vous, continua-t-il, en s'adressant à moi,

suivez cette pente à droite, mon domestique
John vous servira d'éclaireur, M*** n'a qu'à
marcher droit devant lui. Quant à Ludovic
et à moi, nous allons obliquer par la gauche. Le sifflement du courlis, deux fois répété vous annoncera que nous sommes à
notre poste et alors vous déboucherez dans
la savane, mais surtout ne tirez pas avant le
signal, lors même que vous vous trouveriez
en présence d'un bœuf endormi, vous feriez
manquer notre chasse. En route donc ; silence absolu et attention !

Je fis ce qui m'était enjoint, marchant toutefois, bien que précédé par John, avec une
certaine lenteur, autant par cette maudite
appréhension des serpents qui ne m'avait
pas quitté un seul instant, que dans l'espoir
de prendre un bœuf au moment où il s'y
attendrait le moins. .

— Hé ! me fit tout à coup mon guide,
auquel j'avais recommandé de ne pas trop
se presser, et dont j'emboitais méthodique-
ment le pas. *Mi là mouché* ! Je regardai de

tous côtés, je n'aperçus ni savane, ni bœuf.
Ou pas voi donc! répéta-t-il, en me montrant
du doigt, le pied d'un cactus épineux à
sept ou huit pas de nous. Mes regards
suivirent la direction de son doigt, et je
dus devenir affreusement pâle, car ils venaient de s'arrêter sur un énorme serpent
jaune, roulé en spirale et dont la tête plate
et triangulaire était dressée comme un phare.

— *Ou pas tini peur*, me dit John en riant
de l'effroi que trahissait ma contenance
moi va tué li; et en même temps il lui lança
une petite pierre qui l'atteignit. Dérangé
dans son poste d'observation, le reptile dé-
veloppa rapidement ses anneaux pour se
sauver; mais John lui coupa les reins d'un
coup de coutelas.

Dans ce moment retentit un coup de fusil,
puis un second, presqu'aussitôt suivi d'un
sourd beuglement : *Gnon Bœuf*! s'écria
mon guide, et sans plus s'occuper du serpent qui se tordait dans une dernière con-
vulsion, que de moi-même qui n'étais pas

encore revenu de mon émotion, il courut en avant, et je m'élançai sur ses traces, sans plus penser aux reptiles que s'il n'en eût jamais existé.

Quelques minutes après, nous débouchions à l'entrée d'une immense savane couverte d'ajoncs, et parsemée çà et là de petites oasis, semblables à des îlots. Quatre ou cinq bœufs ou vaches, de diverses couleurs et la queue horizontale galopaient dans toutes les directions en faisant jaillir l'eau sous leurs pieds agiles.

J'y fis à peine attention, car de fréquents appels, entremêlés de cris d'angoisse retentissaient sur ma gauche. Je me dirigeai en courant du côté de la voix, tout en pataugeant jusqu'aux genoux dans une boue liquide, et je finis par distinguer à une centaine de pas de distance, un homme aux prises avec un taureau noir. Ce dernier semblait avoir le dessus, car l'homme, dont je n'apercevais que les jambes battant l'air, était caché derrière une anfractuosité de la berge et le taureau toujours beuglant, l'assaillait à coup de cornes et de pieds. Il n'y avait pas à hésiter, et déjà j'épaulais mon fusil, lorsque quatre coups de feu partirent presque simultanément du côté opposé de la savane. Quelques secondes après, le taureau s'affaiblissait lourdement aux pieds de son adversaire.

Le comte de M*** était encore étendu sur le dos, lorsque nous arrivâmes tous auprès de lui. Il fallut nos efforts réunis pour le remettre debout. Mais ce ne fut qu'au bout de quelques minutes qu'il parvint à parler. « Diable de bête ! » fut son premier mot.

— Vous sentez-vous blessé ? lui demandâmes-nous avec anxiété.

— Blessé, non, Dieu merci, mais moulu comme si tout un escadron de cavalerie m'avait passé sur le corps.

— Vous verrez que ce ne sera rien ou peu s'en faut, nous dit d'A*** qui avait remède à tout. Un punch au rhum, bien chaud, pour commencer; après cela une énergique friction au tafia, c'est tout ce qu'il lui faut, et demain matin, je vous le garantis aussi solide que moi.

Nous insistâmes néanmoins, malgré les assurances d'A***, pour que M. de M*** fût dépouillé de ses vêtements, afin de nous rendre compte de son état. Tout se bornait heureusement à quelques ecchymoses et à de nombreuses contusions. De M*** avait eu de la chance. Voici d'ailleurs comment il nous raconta le soir son engagement avec le taureau. Arrivé le premier sur la lisière de la savane, il s'était trouvé en présence d'un magnifique ruminant tout occupé à paître au milieu des roseaux et à distance raisonnable. L'occasion était des plus tentantes et la réflexion lui vint tout naturellement que, ses compagnons de chasse devant être encore éloignés, il pourrait bien prendre à sa bête fantaisie de déguerpir au lieu de les attendre. Cette judicieuse considération l'avait même tellement frappé, qu'il s'était dépêché de lui lâcher ses deux coups de fusil avec la conviction qu'il allait l'abattre. Mais il en fût tout autrement ; le taureau, bien que grièvement blessé, avait fait face à son adversaire désarmé, et après l'avoir renversé du premier choc, l'aurait selon toute probabilité achevé à coup de cornes et de pieds, si ce dernier n'était heureusement tombé dans un trou qui l'avait en partie préservé.

M. de M*** était hors d'état de regagner à pied l'ajoupa, nous décidâmes en conséquence qu'il y serait transporté sur un brancard fabriqué à l'aide de lianes. Trois de nos hommes furent chargés de ce soin, et nous retournâmes avec eux pour les seconder en route. Quant à M. d'A***, il resta avec les deux autres pour les faire dépecer le taureau, et en faire enlever les parties les plus délicates, en nous annonçant qu'il ne reviendrait pas sans nous faire une agréable surprise.

De retour à l'ajoupa, M. de M*** fut étendu sur un lit de feuilles sèches et après que nous lui eûmes administré la fameuse panacée interne et externe de M. d'A***, il fut pris d'un sommeil si calme et si profond que nous nous trouvâmes complétement rassurés sur les suites de son accident.

Nous déjeunâmes avec les provisions transportées par le cutter, et vers les trois heures de l'après-midi, nous vîmes arriver M. d'A*** suivi de ses trois hommes portant sur une claie les dépouilles opimes du taureau. Il s'était lui-même chargé d'un mouton qu'il jeta à nos pieds. « Voici une maudite bête, nous dit-il, qui a failli me faire rompre le cou au fond d'un précipice où il a fallu aller la ramasser ; il avait en effet le visage et les mains sillonnés d'écorchures et son pantalon en lannières.

— Maintenant il est temps de préparer le dîner, ajouta-t-il, nous avons largement de quoi vivre et autant vaut passer la nuit ic' qu'à bord du cutter. Je prétends d'ailleurs vous faire manger un plat de caraïbe de ma façon. — Holà, John, Magloire, Hector, en route, mes garçons, prenez nos fusils, ayez-

en bien soin, et pendant que ces autres
drôles vont préparer la rôtissoire, tâchez de
nous rapporter le plus de grives et de tour-
terelles que vous pourrez; et surtout n'épar-
gnez pas les crabiers, ils ne gâteront pas la
sauce.

Vers les six heures, un peu avant le coucher du soleil, ces messieurs étaient de
retour avec une charge de gibier emplumé.
Pendant leur absence, leurs compagnons
avaient creusé devant la porte de l'ajoupa
un trou, dont le fond et les parois furent
garnis de grosses pierres. On y alluma un
grand feu, et lorsque les pierres furent
devenues presque rouges, on étendit dans
le trou le mouton enveloppé de sa peau, et
le ventre farci d'oiseaux plumés et vidés.
M. d'A*** y fit ajouter force oranges, citrons
et épices; puis l'on recouvrit le tout d'une
chappe de pierres sur laquelle fut allumé
un énorme bûcher.

Deux heures après, la tombe fut ouverte,
le mouton exhumé, et je le déclare haute-

ment, jamais chair ne me parut plus délicate et plus aromatique que celle des oiseaux cuits à l'étuvée dans cette marmite d'un nouveau genre. Pour ne pas déranger notre malade qui continuait à dormir d'un profond sommeil, nous nous étions décidés à dîner à la façon des boucaniers, en plein air ; mais avant même qu'aucun de nous eût eu le temps d'en porter un premier morceau à la bouche, une voix forte et caverneuse se fit entendre du fond de l'ajoupa en prononçant distinctement ces paroles :

— Holà ! oseriez-vous bien dîner sans moi ?

C'était le second appel de cette journée, mais combien il était différent de l'autre. Nous y accourûmes pourtant comme au premier, et nous entraînâmes cet excellent M*** vers notre festin improvisé où il mangea comme quatre.

Nos hommes d'équipage se régalaient de leur côté, accroupis sur le gazon, à une vingtaine de pas de nous ; on leur avait aban-

donné quelques oiseaux et la marmite qui
avait servi à leur cuisson, c'est à dire le
mouton tout entier, de plus, une dame-jeanne
de tafia qu'ils se repassaient mutuellement,
et à laquelle chacun d'eux à son tour donnait
une longue accolade.

Lorsque la nuit fut venue, bien que la
lune nous éclairât de ses plus joyeux reflets,
John, qui remplissait les fonctions de ma-
jordome dans la maison L***, alluma autour
de **nous** des torches de résine soutenues
par des pieux, et demanda gravement à son
maître s'il était temps de servir le café, et,
sur sa réponse affirmative, il nous versa
un moka parfumé qu'il accompagna d'une
carafe de rhum de la Grenade, brillant à
travers le cristal comme un rayon de topaze,
et des paquets de *longs-bouts*, cigares fabri-
qués avec le tabac du pays.

Nous nous trouvions dans cet état de
bien-être et de béatitude qui suit ordinaire-
ment une journée d'émotions et de fatigues,
lorsqu'une fois rentré au gîte, on a pu don-

ner pleine satisfaction à son appétit et à sa paresse.

— Eh bien, mon jeune ami, me dit d'A*** qui, pendant le dîner, m'avait vu avec une certaine satisfaction faire honneur à son plat caraïbe, comment vous trouvez-vous de notre promenade ?

— Pas trop mal, lui répondis-je, malgré mon regret de n'avoir pas eu l'occasion de tirer un seul coup de fusil.

— C'est un petit malheur dont il faut vous consoler, répliqua-t-il d'un ton un peu narquois. Vous êtes bon tireur, je n'en disconviens pas, car nous vous avons vu à l'œuvre ; mais lorsqu'on a une balle au lieu de menu plomb dans le fusil, il faut avoir l'œil exercé et des muscles à toute épreuve être pour sûr d'atteindre le but. Vous avez donc bien fait de ne pas tirer au moment où M*** était en dispute avec son taureau, car nous nous trouvions, Ludovic et moi, en droite ligne avec vous. Montarieux, à votre place n'eût

pas hésité, et Dieu sait ce qu'il en serait
advenu !

— Je vous tiens quitte de la comparaison,
lui répondis-je un peu piqué. Montarieux est
trop connu pour sa maladresse pour que j'aie
la moindre prétention de lui faire concur-
rence.

— C'est justement pour ce motif que nous
avons préféré votre compagnie à la sienne.
Montarieux s'était offert pour être notre qua-
trième, et je lui ai répondu que la place
était déjà prise par vous. Ai-je bien fait ?

Je ne pus m'empêcher de rire ; on était
tellement habitué au despotisme de ce brave
d'A*** dans toute question cynégétique, qu'il
eût été aussi ridicule qu'inutile d'en faire
l'objet d'une discussion.

— A la bonne heure, me dit-il en me tendant sa main large et dure comme un bat-
toir, vous êtes un brave garçon ; je bois à
votre santé et même à celle de ce fou de
Montarieux, qui a failli vous faire noyer
m'a-t-on dit.

— Je suis forcé de le reconnaître.

— Nous avons donc eu raison, convenez-
en, de refuser sa participation. Avec lui,
nous ne serions jamais revenus avec nos
membres intacts, tandis qu'avec vous... enfin, n'en parlons plus.

Ce Montarieux était un jeune homme de
vingt-quatre à vingt-cinq ans, originaire du
Périgord, qu'un simple caprice, sans idée
préconçue, et l'indépendance qu'il devait à
un petit patrimoine, avaient conduit à la Martinique. Si la bonté naturelle et son carac-
tère loyal le faisaient aimer de tout le monde,
sa fougue et son opiniâtreté le rendaient en
revanche insupportable à ses meilleurs
amis. Tout ce qu'il touchait se brisait entre
ses mains, et la fatalité le poursuivait impi-
toyablement dans ses entreprises les mieux
conçues :

A peine arrivé à Saint-Pierre, Montarieux
qui s'ennuyait à ne rien faire, surtout en
voyant tout le monde occupé, fonda une
maison de commerce pour la vente des

sucres et des cafés, et ses affaires ayant
l'air de prospérer, il y épousa une jeune
créole de bonne maison, mais sans fortune.
Tout alla bien d'abord, car il adorait sa femme et en était adoré, mais sa mauvaise étoile
ne l'avait pas abandonné. Un soir qu'il avait
obtenu de sa femme, dont il n'aimait pas à
se séparer même pour quelques instants,
qu'elle l'accompagnât dans une promenade
à pied hors de la ville, malgré le danger
qu'offrait une pareille excursion après le
coucher du soleil, elle y fut mordue par un
serpent qu'il eut la chance de tuer d'un coup
de canne, mais deux jours après elle expirait
dans d'atroces douleurs.

Montarieux fut au désespoir de cette perte,
et le séjour de Saint-Pierre lui devint tellement odieux qu'il se décida à liquider sa
maison de commerce, opération qu'il n'ac-
complit pas sans subir des sacrifices consi-
dérables, après quoi il solda ses créanciers
et essaya de se faire payer par ses débiteurs;
mais là il éprouva de sérieuses difficultés.

Un de ces débiteurs se montra même si mal disposé que Montarieux, qui n'est pas endurant, lui fit une de ces insultes que le sang peut seul effacer.

Le duel eut lieu dans une savane, à quelques pas de la ville; Montarieux essuya bravement le feu des deux pistolets de son adversaire sans user du droit qu'il avait de tirer en même temps, et lui dit d'une voix parfaitement calme:

— Monsieur, votre vie est à moi, mais je vous la laisse pour m'acquitter d'une insulte que je regrette sincèrement. C'est à vous, maintenant, à vous acquitter de votre dette; sans cela, nous recommencerons, et soyez assuré que je ne vous manquerai pas. En parlant ainsi, Montarieux déchargea ses deux pistolets, non en l'air, comme cela se pratique en pareil cas, mais à droite et à gauche, ce qui fit qu'il cassa la mâchoire à l'un de ses propres témoins, au moment même où ce dernier applaudissait de toutes ses forces à son acte de générosité.

En quittant Saint-Pierre, qui lui rappelait
de si douloureux souvenirs, Montarieux
vint avec les débris de sa fortune, s'établir à
Sainte-Marie où résidait une de ses parentes,
propriétaire d'une importante habitation
sucrière. Cette bourgade, dont la principale
rue, abritée par une falaise, s'étend le long
de la mer, est en majeure partie habitée par
des hommes de couleur, qui vivent des pro-
duits de la pêche, et dont on voit les pirogues rangées à sec sur la grève. La rade
de Sainte-Marie forme un immense hémi-
cycle divisée en deux segments par la réunion
des deux îlots accorés de récifs et de roches
sous-marines.

L'installation d'un négociant blanc ache-
tant et vendant du sucre et du café par bou-
cauts, de l'huile et du tafia par barils et des
boîtes de sardines entières, fut regardée
comme un grand honneur par la population
de Sainte-Marie, dont les commerçants, jusqu'alors, n'avaient débité ces mêmes articles
qu'au détail et par petites fractions.

Montarieux jouissait, au milieu de cette
population agreste, d'une existence indépen-
dante et entourée de considération, et comme
ses jours de chômage étaient fréquents, vu
la rareté des clients, il employait ses loisirs
à courir par champs et par bois, le fusil
sur l'épaule, sans se préoccuper des serpents
par lesquels il ne fut jamais mordu, ce qui
était vraiment phénomal ; mais un jour qu'il
avait grimpé au haut d'un arbre pour s'emparer d'un *manicou*, espèce de petit oppossum
à queue prenante, la branche sur laquelle il
était debout se cassa sous ses pieds, et il
retomba d'une hauteur de cinq à six mètres
sur le tronc d'une fougère, sur lequel il
resta empalé. Un autre en serait mort, mais,
moins de trois semaines après Montarieux
avait repris ses habitudes vagabondes
comme s'il ne lui fût rien arrivé.

Une autre fois il fut mordu au nez par
son propre chien , auquel un vétérinaire
avait reconnu tous les symptômes de la rage.
Montarieux, au lieu de faire appeler un méde-

cin, se contenta de faire rougir à blanc une pointe de fer dans le fourneau de sa cuisine et en cautérisa le trou fait par la dent du chien.

Tous les chasseurs du bourg et des environs, qui se livraient à la chasse pendant la saison d'hivernage, s'éloignaient de lui dès qu'ils le voyaient apparaître, et cela depuis qu'il avait éborgné son propre domestique en tirant sur un pluvier.

On me permettra de finir cette longue liste des méfaits involontaires de cet excellent Montarieux par le récit du danger auquel j'échappai par miracle et qu'il avait provoqué par son imprudence habituelle.

Pour varier ses plaisirs, Montarieux s'était passé la fantaisie coûteuse d'une jolie embarcation à demi pontée et très bonne voilière. Une après-midi, il vint me trouver, et me dit:

— Ludovic se dispose à faire une promenade en mer sur son cutter; j'ai envie de lui damer le pion à la course; voulez-vous venir avec moi?

— Je ne dirais pas non, si j'étais aussi sûr de vous que de votre canot.

— Douteriez-vous, mon cher compatriote, que je sache manier mon embarcation ? Je la fais tourner, virer tout aussi bien qu'un écolier fait tourner sa toupie, et il n'y a pas un seul pêcheur dans le bourg qui soit en état d'enfiler la passe comme moi.

Cette passe était un intervalle de trois à quatre mètres entre une double ligne de récifs presqu'à fleur d'eau, contre lesquels la vague, un moment refoulée, revenait avec une double fureur, et qu'elle franchissait sous l'irrésistible impulsion des flots accourant du large.

— Vous m'assurez donc contre tout accident de mer, car je tiens à me baigner à mes heures et dans des endroits où les requins n'osent pas s'aventurer?

— Je vous garantis de tout, sans en excepter les requins. Venez donc, nous ferons battre la chamade à ce bon Ludovic, qui est trop fier de son cutter.

Je finis par céder à l'insistance de Montarieux, qui partit aussitôt pour faire ses préparatifs d'appareillage.

En portant mes regards sur la mer, dont la nappe immense s'étendait comme une glace sans fin jusqu'aux limites de l'horizon, j'apercevais à ma gauche, se profilant sur le promontoire du *Carpentier*, le gracieux cutter de Ludovic, dont l'équipage dégageait les agrès, et à ma droite, en tête de la ligne de pirogues, l'humble canot de Montarieux, avec son bâton de foc, gros comme un manche de balai. Il était trois heures, et il avait été convenu que nous serions de retour avant six. Le ciel était pur comme aux plus beaux jours, et la brise douce et régulière comme le souffle de l'enfant qui dort.

Je fus bientôt au bas de la côte. Montarieux venait de dresser son mât encore enveloppé dans sa voile. Son petit nègre borgne était assis à la proue, prêt à larger le foc au premier signal de son maître. Nous appa-

reillâmes aussitôt , et, comme il s'y était
engagé, Montarieux enfila très adroitement
la passe entre les récifs.

Ludovic avait également appareillé de l'autre côté de la rade.

A peine notre canot eût-il doublé les deux
îlots, que la brise gonfla ses voiles, et aussitôt il sembla voler à la surface de l'élément
humide. En moins de vingt minutes nous
avions atteint le cutter, sur l'arrière duquel
se tenaient debout Ludovic et quelques-uns
de ses amis. Ces messieurs nous saluèrent
d'un coup de chapeau au moment où nous
nous trouvâmes presque bord à bord ; mais
lorsque nous les eûmes dépassés de quelques longueurs, Montarieux ne put résister
au besoin de célébrer son triomphe, en frappant à grands coups d'épuisette sur son
bordage, comme le font les nègres lorsqu'il
y a une lutte de vitesse entre leurs canots.
Au lieu de paraître mortifiés de cette fanfa-
ronnade, Ludovic et ses amis, qui venaient

de se porter sur l'avant du cutter, se mirent à nous applaudir des deux mains.

Il fallait voir la satisfaction qui brillait dans les regards de Montarieux : il n'eût pas, en ce moment, échangé son canot contre une frégate.

Le soleil se rapprochait insensiblement de l'horizon, lorsque nous vîmes le cutter virer de bord pour gagner son mouillage. Nous fîmes aussitôt la même manœuvre, mais avec moins de succès que notre adversaire, auquel sa grande voile, son foc et sa brigantine, permettaient de courir de longues bordées en serrant le vent au plus près, tandis que, penchés sur le flanc, tantôt d'un bord, tantôt de l'autre, nous avions toutes les peines du monde à lutter contre la brise, qui commençait à fraîchir. Montarieux était exaspéré, et sa mauvaise humeur, qui s'exhalait en formidables interjections, ne se calma un peu que lorsque nous nous retrouvâmes par le travers des îlots Quant au cutter naguère si dédaigné, nous l'avions vu en passant à son mouillage ordinaire, avec toutes ses voiles serrées.

— Attention à la manœuvre , dis-je à Montarieux, nous sommes à l'entrée de la passe, car je vois les brisants à tribord.

— Soyez tranquille, me dit-il, je connais mon affaire.

A peine avait-il prononcé ces paroles, que j'entendis un bruit sourd derrière moi. Je tournai la tête : c'était une vague frangée d'écume qui nous surplombait comme une avalanche. Au même instant, le canot reçut un choc terrible, et je me retrouvai tout à coup dans l'eau à moitié asphyxié et barbotant comme un canard dans le cataclysme d'une trombe. Comment me retrouvai-je, quelques secondes après , étendu à plat sur le sable fin du rivage, c'est ce que je n'ai jamais pu m'expliquer. Heureusement des pêcheurs se trouvèrent là , qui me redressèrent sur mes pieds et me ramenèrent à mon logis.

Montarieux et son nègre n'avaient pas été

moins heureux que moi, bien que ce dernier
eût été ramassé avec une épaule démise.
Quant au canot, qui avait perdu son gou-
vernail et sa mâture, il était revenu, tout
seul et la quille en l'air, se piquer dans la
grève.

— Eh bien, me dit Montarieux, qui vint
me voir le lendemain parfaitement gaillard
(j'étais encore au lit), les avons-nous battus,
vent arrière ? Ah ! si j'avais eu comme eux
une brigantine, ou même un simple tape-
cul, nous les aurions encore gagnés malgré
le vent debout. Mais soyez tranquille (c'était
son mot), je me suis déjà mis en mesure, et
la prochaine fois, nous les battrons à plate
couture.

— Vous les battrez tout seul, mon cher
Montarieux, car la leçon d'hier m'a suffi ; je
vous engage seulement à mieux étudier la
passe avant de recommencer votre essai.

— Ah ! la passe ; c'est vrai, je n'y pensais
plus ; vous avez été un peu mouillé et nous
aussi ; cet imbécile d'Ajax (c'était le nom de

son domestique) a même l'épaule légèrement
foulée; cela vient uniquement de ce que
j'avais mis la barre dessus au lieu de la
mettre dessous : tout le monde peut se
tromper, mais à présent on ne m'y prendra
plus.

Ce fut là toute la consolation que Montarieux trouva à me débiter.

— Dieu vous entende ! lui répondis-je,
mais ne comptez plus sur moi pour vous
accompagner en mer. C'est un parti pris
dont rien n'est capable de me faire dévier.

Tel était Montarieux, et l'on ne s'étonnera
plus de la persistance qu'on mettait à l'éviter : aussi les nègres l'avaient surnommé
Béqué *pas chance* (le blanc qui n'a pas de
chance). Qu'on me pardonne cette digression
qui est nécessaire à la suite de mon récit, et
je reviens à notre plantureux festin qui venait
de finir.

L'heure du repos était venue, et nous allâ-
mes nous étendre sur l'épaisse couche de
feuilles de fougères et de sassafras dont nos

domestiques avaient eu le soin de joncher le sol de l'ajoupa ; quelques heures après , réveillés seulement par les premiers rayons du soleil , nous reprîmes le chemin que nous avions déjà parcouru pour regagner le bord du cutter.

— Si nous faisions escale à la Trinité pour déjeuner, nous dit Ludovic au moment où nous mettions à la voile. Les frères Fonteneau, qui sont mes commettants, nous feront bon accueil, et d'ailleurs, nous sommes en mesure de payer notre écot avec un filet de bœuf.

Nous nous rangeâmes volontiers à cette proposition.

La Trinité est un grand bourg, ou, pour mieux dire, une petite ville d'une certaine importance. Son port est vaste et sûr. C'est le rendez-vous ordinaire des bâtiments américains venant des bancs de Terre-Neuve, et des navires nantais chargés de farines et de conserves alimentaires. Cette ville possède en outre une garnison empruntée au régiment d'infanterie de marine, dont l'état-major réside à Fort-de-France, et des administrations de la marine et de la douane.

La réception de MM. Fonteneau fut des plus gracieuses, et, après un confortable déjeuner, nous fûmes faire un tour en ville pour aller serrer la main à quelques personnes de connaissance. La première que nous rencontrâmes à l'angle d'une rue était Montarieux.

— Tiens, vous voilà ! nous dit-il d'un ton de bonne humeur, et votre chasse ? Vous êtes revenus bredouille, n'est-ce pas ? Avouez-le franchement. Ah ! si vous m'aviez pris avec vous, quelle montagne de bœufs et de moutons n'aurions-nous pas rapportée ; de quoi nourrir le bourg de Sainte-Marie pendant tout une semaine ! Aussi quelle singulière manie de ne vouloir jamais être que quatre pour cette expédition, tandis qu'à cinq nous nous serions si bien amusés ?

Montarieux avait débité cette longue tirade

tout d'une haleine, puis il continua, en m'arrêtant par le bras :

— Je suis ici avec mon canot, et j'emmène à Sainte-Marie Clariss, un brave homme de mon pays, qui vient de vendre son fonds de boucherie et se dispose à repartir pour la France, où il a laissé sa femme et ses jeunes enfants dans un état voisin de la misère. Les douze mille francs qu'il emporte avec lui sont une véritable fortune pour ce petit ménage. Laissez-là le cutter et venez avec nous. Ce bon Clariss vous parlera de sa famille, de ses projets d'établissement; cela vous intéressera.

— Et la passe ?... répondis-je.

— Oh! la passe : soyez tranquille, je la connais si bien maintenant que je l'enfilerais par la nuit la plus noire et les yeux fermés.

— Vous m'en disiez tout autant le jour où vous m'avez fait prendre un bain forcé; mais, sans mettre en doute votre expérience, je ne puis décemment abandonner mes compagnons pour aller avec vous Ce sera donc pour une autre fois, si le cœur m'en dit.

Montarieux m'exprima ses regrets , et nous nous séparâmes.

Il pouvait être quatre heures lorsque le cutter remit à la voile, et à cinq, nous débarquions, frais et dispos, à Sainte-Marie. Avant de nous quitter, Ludovic exigea que j'allasse dîner avec ses amis et lui sur son habitation, située à deux portées de fusil du bourg, et je rentrai chez moi pour faire mes ablutions et changer de vêtements.

Un peu avant six heures, au moment où je me disposais à monter à cheval pour me rendre chez Ludovic, des cris poussés par les domestiques de la maison me firent accourir sur la terrasse où ils s'étaient rassemblés et de l'extrémité de laquelle on dominait toute la rade ; un émouvant spectacle m'y attendait.

Au milieu des récifs, par dessus lesquels déferlait en ce moment une vague monstrueuse, apparaissaient deux têtes humaines,

rapprochées l'une de l'autre, et qu'une nouvelle vague faisait disparaître l'instant
d'après. Trois ou quatre pirogues s'étaient
déjà détachées de la grève pour porter
secours aux naufragés, que l'on n'apercevait
déjà plus, lorsqu'un des pêcheurs se baissa
vivement et saisit un corps inerte que ses
compagnons parvinrent à attirer dans leur
embarcation. C'était Montarieux, sans connaissance, mais encore vivant. Quant au
malheureux Clariss, toutes les recherches
pour le retrouver furent inutiles. Le jeune
nègre de Montarieux fut le seul qui atteignit
la terre sain et sauf ; obstinément accroché à
une caisse qui faisait partie du chargement
du canot, le flot l'avait tout doucement porté
jusqu'au rivage.

Montarieux, suivant son habitude, fut
promptement rétabli ; mais cette dernière
catastrophe avait profondément modifié son
humeur insouciante et fougueuse. Il ne
songeait plus qu'à retourner dans le Périgord ; et, pour se débarrasser plus promp-

tement des liens qui le retenaient à Sainte-
Marie , il fit vendre ses marchandises à
l'encan et donna son canot, échoué, comme
la première fois, sans trop d'avaries, sur la
plage, aux pêcheurs qui lui avaient sauvé la
vie.

———

UNE CHASSE AUX LIONS

Il ne faut pas s'imaginer que le lion soit
un animal que l'on ne rencontre qu'en Afrique. Ce roi des forêts est également un félin
asiatique, et il en est de fort nombreux dans
les bois de Gheer, situés dans la partie de
l'Inde dénommée comme péninsule de Kat,
Tyar. Ces lions se trouvaient autrefois en
quantité dans le cœur du pays, à Guserat, et
dans le voisinage de Run, autrement dit du
désert de Cutch, aussi bien que dans toute
la province de Kattiwas. Mais dans ces deux

derniers districts, les cultivateurs et les chasseurs sont parvenus à chasser ces carnassiers qui se sont réfugiés dans les bois de
Gheer.

Cette splendide forêt dont l'étendue est de
soixante milles de long sur trente de large,
se compose d'une succession de collines
et de ravins couverts d'arbres touffus et de
broussailles, au milieu desquelles serpen-
tent divers cours d'eau de plus ou moins
d'importance.

Les tigres ont fait place aux lions, et il est
très rare que l'un de ces animaux ait assez
d'audace pour se mesurer avec le roi des
félins, qui peut ainsi vaguer, boire et manger à son plaisir, à sa soif et à sa faim,
s'endormir ensuite et se reposer, sans être
troublé, à moins que l'homme, le plus grand
ennemi de sa race, ne songe à l'attaquer.

Les lions du Gheer se nourrissent généralement d'animaux qu'ils enlèvent aux troupeaux qui paissent dans les gras pâturages,

Grandes Chasses. 3

et se reposent à l'abri des grands arbres longeant les fleuves et les rivières.

A vrai dire la proie est plus facile à conquérir que s'il s'agissait de ces cerfs « nilgauts » ou de gazelles.

Dès que sa proie a été portée bas et dévorée, le lion du Gheer, à l'exemple de tous les animaux carnassiers, s'étend paresseusement sous les saules pleureurs ou bien à l'ombre des cyprès nains qui couvrent le lit des torrents desséchés. On le trouve également à l'abri sous les banians, et c'est dans ces circonstances qu'il est facile d'arriver jusqu'à lui et de le mettre à mort.

Dans ce dernier cas, voici comment les Indiens opèrent autour et dans la forêt de Gheer. Tout d'abord ils ont suivi les pas de l'animal jusqu'à sa tanière, c'est-à-dire au milieu de son fort, et, pour les aider à réussir dans cette recherche, ils emploient des « puggies » (lisez les traqueurs) ayant de l'expérience, qui se chargent de placer les chasseurs dans les bonnes places d'où il leur sera possible de bien voir, mais où ils seront cachés à tous les yeux. Cela fait, il procèdent au rabat, lequel se pratique dans l'Inde comme partout ailleurs.

Voici encore un second moyen également employé par les sportmen asiatiques. Ils conduisent le chasseur et deux personnes qui doivent l'aider vers un arbre bien venu, aux branches formant la fourche, sur lesquelles il sera loisible à ce dernier et à ses aides, de se hisser de façon à voir tout ce qui se passe autour d'eux. A une portée de fusil, les Indiens ont attaché par la patte une chèvre, un veau, ou bien un jeune bison, au milieu d'une pelouse entièrement privée d'arbustes. Bientôt le lion, attiré par les cris des appâts en vie, s'approche de l'animal, et par conséquent de l'homme à l'affût qui peut tirer à son aise, traîtreusement, sans courir le moindre risque.

Afin de réussir dans cette chasse, il est important de profiter d'un très beau clair de lune ; mais il arrive souvent que le lion se

montre avant le coucher du soleil. Comme
généralement les chasseurs savent qu'il est
fort difficile de frapper à mort le lion du
premier coup, ils ont soin d'attendre que
leur « gibier » soit à courte portée, car ces
animaux, aussi bien que ceux d'Afrique,
deviennent d'autant plus furieux qu'ils ont
été blessés et que leur fureur a redoublé par
la douleur qu'ils éprouvent. D'ordinaire,
c'est à la maladresse qu'il faut attribuer tous
les accidents de ces chasses émouvantes.

Un voyageur récemment arrivé de l'Inde,
nous a raconté un incident des plus drama-
tiques, dont il avait été le héros au mois de
décembre dernier.

Deux de ses amis et lui, se trouvant à Gu-
zerat, dans la propriété du rajah de Moraï,
richissime propriétaire de terres du pays,
apprirent un matin à déjeuner qu'on avait
vu un lion de la plus belle venue caracoler
dans le bois voisin de la demeure hospita-
lière.

Il fut immédiatement décidé que l'on irait

traquer l'animal et le mettre à mort, si faire
se pouvait. Les préparatifs étaient promptement terminés et l'on allait se mettre en route
quand l'un des deux amis de notre compatriote fit une chute sur l'escalier de la
maison, et déclara ne plus pouvoir marcher.
Le second prétexta une indisposition passa-
gère pour s'attarder, en déclarant toutefois
qu'il allait doubler le pas pour rejoindre son
compagnon valide, mais — disons-le tout de
suite — il se garda bien d'en rien faire ; sa
première ardeur s'était éclipsée et la crainte
du danger avait fait le reste.

Voilà donc M. Noblet — c'est le nom de
celui de qui nous tenons l'histoire que nous
racontons ici — en route avec six Indiens
attachés au rajah, armés de haches et de
cimeterres, et dont deux portaient deux carabines chargées de balles coniques. M. Noblet, lui, s'était emparé d'un excellent fusil de
Lepage, à deux coups, avec lequel il devait
ouvrir le feu. Dans le cas où il n'atteindrait
pas l'animal du premier coup, il aurait re-

cours aux rifles que lui tendraient les deux
Indiens.

Lorsque M. Noblet eut compris qu'il n'a-
vait pas à compter sur l'ami retardataire, il
hésita un instant, mais la gloriole s'en mê-
lant, il releva la tête et hâta le pas. Le guide
— celui qui avait aperçu le lion — passait en
avant, et conduisait avec audace ses cama-
rades et l'étranger vers le coin du bois où la
bête féroce prenait son repos.

C'était un bosquet touffu sur le versant
d'un monticule, aux flancs duquel étaient
cramponnés quelques vieux arbres en partie
dépourvus de feuilles.

D'après la tactique ordinaire, M. Noblet
alla se poster sur le contre-bas de ce mame-
lon, tandis que quatre Indiens se chargèrent
de contourner le buisson, d'y jeter des pierres et de se replier vers M. Noblet, qui se
tiendrait à son poste, assisté par ses deux
« porte-arquebuses ».

A peine la battue était-elle commencée que
notre compatriote entendit un rugissement

formidable. Avant d'avoir vu l'animal, il l'avait entendu et put se tenir sur ses gardes. Il ne tarda pas à voir accourir les quatre rabatteurs qui avaient pris peur et venaient se mettre sous sa protection.

Tout à coup, devant lui, au sommet de la colline, le lion se montra, la queue droite, les yeux en feu, la crinière hérissée.

M. Noblet avait épaulé son arme, et, prompt comme l'éclair, avec un sang-froid qu'on se plaît à deviner chez lui, quand on le voit pour la première fois, il pressa la détente.

Le coup partit et la balle alla crever l'œil du lion. Ce fut à cette heureuse chance que M. Noblet dut son salut, car la capsule de son second coup rata, et il fallut se retourner pour prendre des mains de son premier porte-arquebuse, la carabine que cet imbécile ne tenait pas armée.

Bref, notre compatriote eut assez de courage pour prendre son temps, tandis que le lion roulait sur lui-même, et, pour choisir

une place au défaut de l'épaule, si bien que
la bête, frappée d'une main sûre, poussa
un dernier rugissement et tomba morte,
sans avoir même égratigné un de ses adver-
saires.

Lorsque M. Noblet rentra chez le rajah,
ses deux amis avaient repris le chemin de
Calcutta, rappelés, disaient-ils, par des
affaires qui ne souffraient pas de retard.
Ce qui est plus vrai, c'est qu'ils n'avaient
pas osé soutenir les regards de leur compatriote.

HISTOIRES DE TIGRES

Si les tigres du Bengale ont une réputation
de férocité qui a fait le tour du monde, leurs
congénères de l'indo-Chine ne leur cèdent
en rien, ni sous le rapport du nombre, ni
sous celui de la taille et de la cruauté. Ces
carnassiers archi-dangereux abondent dans
la forêt de Laos, située sur les confins du
Mei-Long, et longeant, vers le sud, l'empire
d'Annam. On trouve là ces tigres royaux
dont les zébrures se prolongent autour du
corps, d'une façon régulière et dont les di-

mensions varient de 1 mètre 20 à 1 mètre
30 de hauteur. Ces tigres sont les plus beaux
animaux de la création. La nature leur a
donné des qualités physiques fort remar-
quables, une agilité unique, une adresse et
une vigueur sans égales.

On sait qu'en Cochinchine les troupeaux
de bestiaux, parqués aux champs, sont
entourés de palissades très hautes et cependant on y voit bien souvent pénétrer un
tigre venant y chercher un buffle qu'il emporte ainsi qu'un chat le ferait d'une souris.
On comprend d'après cela quelle doit être la
force de ces animaux.

Les Cochinchinois souffrent naturellement
de ce dangereux voisinage, car les tigres
quittent les montagnes pour émigrer, par
couples isolés, en se dirigeant de tous côtés
vers les pays cultivés. Ils se cantonnent
avec audace dans les environs des villages,
surtout près de ceux où la population est la
plus agglomérée, et leur présence répand la
terreur, car ils dévorent à belles dents tout ce

qui leur tombe sous la patte, êtres humains, animaux de toutes sortes. On dirait qu'ils considèrent la population placée près de leur tanière comme un troupeau destiné par la Providence pour faire les frais de leurs repas.

Or, comme les habitants du pays n'ont à leur disposition ni balles explosibles, ni fusils à longue portée, il leur est impossible de se défendre autrement qu'en tendant des pièges à leurs terribles ennemis.

Si ces derniers sont assez rusés pour éviter toutes les embûches et si — comme tel est souvent le cas — le gouverneur refuse de participer à la défense de ses administrés, ces infortunés demeurent impuissants à protéger leur vie, celle de leurs femmes et de leurs enfants, et ils se voient condamnés, soit à vivre dans les angoisses incessantes, soit à émigrer vers des lieux moins dangereux.

Un grand nombre de villages, actuellement en ruines, ont été désertés par suite de la présence des tigres. Il est donc bien facile de concevoir que les Annamites redoutent les tigres plus encore que les Japonais. Il est bon de remarquer, toutefois, que cette appréhension et cette terreur s'allient dans leur esprit à une superstition respectueuse.

Pour ces bonnes gens, les tigres sont l'emblème de la force. Les Annamites s'imaginent que ces animaux possèdent une intelligence presque humaine et qu'ils sont doués du don surnaturel de dévastation.

Ils n'osent parler d'eux qu'en employant des termes de la plus haute déférence, et ce respect est porté à un point si extraordinaire, qu'ils s'adressent à un tigre qui se montre à eux, — à une certaine distance bien entendu — comme ils le feraient à un mandarin.

Ainsi, en langue annamite, tous les noms de bêtes, — y compris ceux des femmes, — ce qui n'est pas de la dernière galanterie, — sont précédés de la particule *com*.

Un chien est un *com tcho*, — un chat un

com meo, — un poisson, *com ca* — une jeune fille , *com gaï*; madame Marie: *com Marie,* etc., etc.,

Le tigre devrait donc être le *com cenop,* mais cette qualification ne suffit point: on l'appelle *Ong Cenop,* ce qui signifie Monseigneur le Tigre.

Sur les parois exterieures de toutes les habitations, le voyageur aperçoit placardés contre les murailles, ou sur les pilliers qui supportent les toits , de beaux carrés de papier teintés d'écarlate, couverts d'une écriture noire et fort lisible qui exprime des sentences ou des pièces de poésies adressées aux tigres dévorants.

Nous en choisissons une , par hasard , entre mille, — car il y en a peu qui se ressemblent.

« O Monseigneur le Tigre, roi des animaux « de la création, ton domaine s'étend partout « où les rayons du soleil éclairent la terre. « Tu es le rival de la Divinité ; nous le recon- « naissons. Aussi, daigne passer devant cette

« maison, sans y faire le moindre mal : il n'y
« a ici que des amis et des admirateurs de
« ta puissance. »

Comme on le pense bien, ces placards sont
cloués dans les places les plus apparentes
du logis, afin que le titre de Monseigneur
puisse *être lu* par les *tigres qui passent*.

Naturellement, cette superstition a engen-
dré des superstitions de toute nature. C'est
ainsi que les Annamites déclarent que les os
de tigre broyés et pilés dans un mortier et
bouillis ensuite dans l'eau, constituent une
tisane incomparable, propre à renouveler la
force du sang, à donner de la force aux
vieillards et à guérir toutes les maladies.
C'est — à les entendre — une pommade uni-
verselle ; aussi ces débris calcinés et passés
au tamis se vendent-ils au poids de l'or.

Les dents, les griffes de ces animaux carnassiers, sont, à leur tour, des talismans
précieux, et ceux qui ont la bonne chance de
s'en procurer les font sertir dans de l'ar-
gent pour les porter, comme des bijoux,

appendus à leur cou et se mettre, dès lors, à l'abri de toutes les maladies.

D'autre part, quiconque s'est procuré un tigre apprivoisé est, bien réellement, par ce seul fait, à l'abri de l'assassinat, du vol et de toute insulte. Personne n'oserait désormais toucher à un poil de sa barbe, à un de ses cheveux, le molester, ou même dire du mal de lui, car tous sont persuadés que le tigre fidèle devinerait ce qui se passe ou ce qui se dit, et tirerait bientôt vengeance des ennemis de celui qui est son maître.

Il serait trop long d'énumérer ici les croyances relatives au tigre et propagées chez les Annamites. Parmi celles qui sont les plus répandues, nous décrirons celle-ci :

On fait une incision longitudinale dans une jeune tige de bambou et l'on y introduit un poil de la moustache que l'on a arraché un ou deux jours auparavant à la lèvre d'un tigre. On referme aussitôt l'incision de l'arbuste à l'aide d'une ligature, de telle façon que le bambou puisse fleurir et continuer à pousser. Or, bientôt, ce poil se change en un ver, qu'on appelle *com cenop*, qui vit et grossit dans le cœur du bambou.

Lorsque après quelques mois, on coupe l'arbuste et qu'on recueille soigneusement la défécation du ver, on obtient — selon la croyance des Cochinchinois — un poison d'une telle force, qu'il suffit d'en verser une portion infinitésimale dans un verre d'eau pour que l'homme qui boit ce mélange soit immédiatement foudroyé, sans qu'il reste la moindre trace de cet empoisonnement.

Les Annamites sont tellement persuadés de l'exactitude de cette métamorphose qu'elle figure dans le code de leur législation.

Aussi, y a-t-il un article de leur loi, qui enjoint à tous les chasseurs de tigres, sous les peines les plus sévères, de brûler les moustaches de tous les carnassiers qu'ils mettent à mort. En conséquence, aussitôt qu'un tigre est mort, les autorités du canton se réunissent afin de constater que la moustache de l'animal est intacte, et ils la font

griller sous leurs yeux. Cela fait, on dresse
procès-verbal de ce qui vient de se passer,
afin que nul n'en ignore.

Malgré le respect professé par les Cochinchinois pour les félins dangereux qui rava-
gent leur pays, ils n'en mettent pas moins
en pratique tous les moyens possibles pour
s'emparer d'eux et s'en débarrasser. Si,
d'une part, ils adressent aux tigres des dis-
cours remplis de flatteries, des prières
incessantes, ils n'en combinent pas moins
des mesures ingénieuses pour les capturer
et les tuer sans merci. Dans ce but, ils lui
tendent des embûches, consistant, pour la
plupart du temps, en de vastes fosses d'une
grande profondeur, qu'ils recouvrent d'un
léger plancher, caché à tous les yeux par
de légères tranches de gazon.

Ces travaux sont, d'ordinaire, faits d'un
seul coup, au moment où le soleil darde
ses rayons sur la terre, de telle façon que le
tigre, qui sommeille toujours à cet instant
de la journée, ne s'aperçoit de rien. Lorsque

la nuit est venue, on attache au milieu de ce plancher factice un chien ou un porc, dont les cris doivent infailliblement attirer le félin.

Aussitôt que la bête se précipite sur l'appât vivant, l'édifice fragile s'écroule, et il tombe au fond de la fosse.

Si ce piège est impraticable dans le pays infesté par les tigres, les Annamites construisent en secret, à l'aide de troncs de cocotiers assemblés avec soin, une cage géante de vingt ou trente mètres cubes, dans laquelle ils pratiquent une porte glissant dans une rainure, du haut en bas, laquelle reste accrochée dans sa partie supérieure par une sorte de quatre-chiffre.

On transporte, en plein midi cette cage dans un fourré, au milieu du territoire fréquenté par les tigres, on dresse le piège et l'on place à l'intérieur de cette prison future de l'animal, un chien ou un cochon solidement amarrés par une patte.

D'autre part, les Annamites ont eu soin de

passer dans l'intérieur de la cage un câble
solide, assemblé en forme de nœud coulant,
et qui reste suspendu au sommet du pla-
fond, tandis que les extrémités ressortent de
chaque côté.

Dès que le tigre a pénétré dans la cage,
les efforts qu'il fait pour dévorer le porc ou
le chien font tomber la clavette et la porte
est brusquement fermée. Son Altesse sei-
gneuriale, le *Ong Cenop* est capturé et le
plus important est fait.

Il faut maintenant le mettre à mort ce qui
n'est point aussi facile qu'on pourrait le sup-
poser, car, d'une part, les armes à feu
sont peu nombreuses en Cochinchine, et, de
l'autre, les bêtes ayant la vie fort dure, les
chasseurs sont contraints à s'ingénier afin
de l'étrangler, en faisant couler autour de
son cou le nœud de la corde.

Il est facile de comprendre que le félin ne
se laisse pas faire sans se défendre. Il se
livre à des bonds vertigineux qui rendent
l'opération fort incertaine, et, pour arriver

au but désiré, de longues heures s'écoulent trop lentement au gré des chasseurs.

D'autres fois, on organise une battue, comme cela se pratique dans tous les pays du monde. Les Européens, particulièrement, sont les instigateurs de ces chasses; mais il leur arrive souvent malheur, par défaut de précautions.

C'est ainsi que, l'an dernier, un brave jeune homme de Calcutta, appartenant à l'une des premières familles anglaises, fut emporté par un tigre, aussi facilement que l'eut été un poulet, et alla rouler avec l'animal féroce au fond d'un rocher, où l'un et l'autre perdirent la vie.

Il arrive très souvent aussi que les tigres flairent le danger et évitent les pièges qu'on leur tend. Il devient alors indispensable aux habitants du pays d'organiser une battue générale à laquelle président les mandarins qui sont les préfets de la province.

Ceux-ci ont mandé tous les soldats de eurs districts et tous les hommes valides qui, au nombre de plusieurs milliers, sont armés de tam-tam, de gongs, de tambours, de crécelles, de trompes et de flûtes sonores.

Quand le moment est venu, tous ces musiciens se mettent en marche de façon à former un immense cercle autour de l'endroit inspecté à l'avance, où sont rembuchés les tigres faisant leur sieste.

Sur un signal donné, l'attaque commence : c'est un concert ou plutôt un charivari infernal, épouvantable, dont aucune description ne peut donner une idée.

Surpris au milieu de leur sommeil, les félins, étourdis également par ces mélodies inattendues sont saisis par de folles terreurs. On les voit restant en place, tremblants, ne sachant quel parti prendre. Ils ont l'oreille basse, se sentant comme paralysés, ne songeant ni à fuir, ni à se défendre. On peut alors impunément s'approcher d'eux pour les tuer, soit à coup de fusil ou de pistolet, soit encore à coup de zagaies.

Il arrive quelquefois qu'un ou plusieurs tigres réussissent à rompre la barrière vivante et à s'échapper. Ils fuient alors vers les montagnes, aussi vite que leurs jambes d'acier leur permettent de le faire et on ne les revoit plus dans les pays habités.

Ils ont gardé la mémoire du mauvais tour qu'on leur a joué, et ces *ong cenops* sont les plus dangereux de l'espèce.

POURCHASSÉ PAR UN BISON

En m'embarquant à bord de mon budgerow, près de Calcutta, pour me rendre à
Berhampore, où je devais rejoindre mon
régiment, je proclamai sans hésiter la supé-
riorité de ce moyen de transport sur tous
les véhicules beaucoup moins luxueux de la
vieille Europe.

Il est vrai que cette manière de voyager
n'est pas fort expéditive, car je m'attendais
à rester huit jours en route pour accomplir
un trajet qui, chaise de poste aidant, m'eût

pris à peine vingt-quatre heures. Mais,
d'autre part, ma superbe embarcation
m'offrait un salon confortable assez vaste
pour contenir huit personnes à table, une
charmante chambre à coucher, et, au dessus
de ces pièces, un tillac — autrement dit une
espèce de belvédère — où j'étais à même, le
soir, de m'asseoir au frais pour savourer
mon houkah.

Les rives du fleuve que je remontais déplo-
yaient à mes regards un panorama pittores-
que et varié. Je pouvais m'abandonner à
mes contemplations poétiques sans courir
le risque d'être incommodé par des odeurs
de cuisine ou par la présence gênante des
domestiques inutiles; car mes gens occu-
paient un bateau à part qui nous suivait à
une distance respectueuse. En un mot,
j'étais enchanté de mon sort, et je réfléchis-
sais, — non sans un léger sentiment d'or-
gueil — qu'un simple enseigne au service de
l'honorable compagnie des marchands de
thé est un personnage bien plus important

qu'un officier du même grade au service de
Sa Majesté, lequel a, certes, besoin d'une
imagination très fertile en expédients pour
parvenir à faire une figure quelque peu
décente.

Deux de mes amis cantonnés à Berhampore, m'accompagnèrent jusqu'à ce « lieu
enchanteur, » où nous n'arrivâmes que fort
tard. Il nous avait donc fallu douze heures
pour faire quinze milles ; mais jamais journée ne s'était écoulée plus agréablement
pour moi, et mon enthousiasme n'avait pas
encore baissé d'un degré.

Parvenus à notre destination, nous des-
cendîmes à terre, et, traversant le parc de
l'hôtel du gouvernement, nous pénétrâmes
sous une tente où devait avoir lieu un grand
« nautch. » Bientôt, en effet, nous eûmes l'in-
dicible bonne fortune de voir plusieurs jeunes négresses demi-nues tordre leur corps
en tous sens, en sautant sur un pied et en
tenant un bras levé au dessus de leur tête.
L'odeur insupportable d'éther, de roses et

d'huile de cajeput, que j'étais contraint de respirer, me donna une si violente migraine, accompagnée de maux de cœur, que je m'empressai de battre en retraite, — au grand étonnement de mes amis, qui étaient au comble de l'extase et qui s'efforçaient en vain de s'expliquer comment je pouvais ne pas être enthousiasmé par les contorsions d'une Vénus d'ébène.

Je ne fus pas tout à fait aussi charmé de la journée du lendemain. Nous commencions à ne plus apercevoir d'habitations ; le pays était plat et horriblement monotone ; nos dandies (1) étaient forcés, à chaque instant, de se mettre à l'eau pour dégager notre barque engravée ; ils nous halaient plus souvent qu'ils ne ramaient, et c'était alors que nous marchions le plus vite. De plus, le rayonnement de l'eau blessait mes yeux, les maringouins m'attaquaient avec plus d'acharnement que jamais, et, par conséquent,

(1) Bateliers indiens.

j'étais beaucoup moins satisfait de toutes choses, y compris même le talent de mon cuisinier. Aussi me couchai-je de fort bonne heure.

L'inconvénient de se mettre trop tôt au lit, c'est qu'on s'éveille aussi beaucoup trop tôt le lendemain. Il était à peine quatre heures du matin quand le sommeil m'avait dit un adieu définitif; aussi me repentis-je cordialement de mon coup de tête de la veille; mais, comme cela ne servait à rien, je pris le parti de me lever, en dépit de la longueur terrible de la journée que j'avais en perspective.

La barque était encore amarrée et ne devait se remettre en marche qu'au bout d'une heure. C'était seulement à huit heures que j'avais l'habitude de déjeuner; jusque-là, que faire? Comment passer mon temps?

Tandis que j'étais en train de délibérer sur cette importante affaire, mes regards s'arrêtèrent sur mon fusil de chasse qui reposait dans un coin, ce fut pour moi une inspiration lumineuse.

La matinée était fraîche, le pays environ-
nant promettait d'être giboyeux ; je me décidai donc à chasser pendant une couple
d'heures. En conséquence, je pris avec moi
un de nos Kitmutgars et un porteur muni
d'un vaste parasol, pour le cas où la chaleur
serait par trop brûlante, et je me mis en
campagne après avoir donné des ordres pour
que mon budgerow m'attendit à un certain
point du rivage éloigné d'environ un mille
et demi.

Mon expédition fut loin d'être heureuse ;
j'eus à peine l'occasion de tirer deux ou trois
coups de fusil, et, après avoir battu inuti-
lement le pays pendant une heure, je me
décidai, en désespoir de cause, à regagner
ma barque. Je venais de pénétrer dans un
vaste champ où j'avais aperçu de loin plusieurs animaux en train de paître, lorsque
tout à coup, un *taureau-brahmine* s'élança
sur moi avec fureur. Quoique moins gros
que les taureaux d'Europe, les bisons sont
beaucoup plus féroces et beaucoup plus

agiles, partant plus redoutables. Les Indiens les vénèrent comme des animaux sacrés; leur donner la mort n'est rien moins qu'un crime, et la loi punit même quiconque en blesse un sans une extrême nécessité.

Sachant que ceux qui se hasardent à les combattre s'en tirent rarement la vie sauve, j'avoue que je ne vis pas sans effroi mon ennemi me courir sus, la tête baissée. Cependant, comme mon Kitmutgar portait un second fusil et que nous étions d'ailleurs trois contre un, je me fis un point d'honneur de ne pas lâcher pied. Ajustant donc à loisir le bison, j'attendis qu'il se rapprochât de moi et je fis feu d'un de mes deux canons que j'avais chargés à balle. L'animal fut atteint à l'épaule, et, s'arrêtant brusquement, resta quelques secondes comme pétrifié. Je me retournai pour chercher du regard l'Indien chargé de mon second fusil, mais, hélas! il avait pris la fuite. En me voyant tirer sur la bête sacrée, il avait, sans hésiter, jeté loin de loin de lui son arme, après quoi il

avait détalé de toute la vitesse de ses jambes.

Avant que j'eusse eu le loisir de faire face
de nouveau à mon adversaire, celui-ci
s'était déjà remis de son ébahissement, et
revenait au combat avec plus d'acharnement
que jamais. Ses naseaux étaient dilatés par
la rage et la souffrance ; l'écume ruisselait
de sa bouche, tandis qu'il secouait la tête
d'un air de menace, et, se battant les flancs
de sa queue, il faisait voler la terre sous ses
pas. Je n'avais pas le temps de recharger
mon arme ni de réfléchir à ce qu'il me res-
tait à faire, comme mon Kitmutgar, je me
débarrassai mon de fusil, et mettant toutes
mes espérances de salut dans l'agilité de
mes jambes, je m'enfuis vers le lieu où devait m'attendre mon budgerow. Je n'osais
pas me retourner, mais j'entendais le furieux animal gagner à chaque instant sur
moi ; il n'était déjà plus qu'à une douzaine de
pas lorsque mon chapeau s'envola : ce fut à
cette circonstance triviale que je dus la vie.

Le bison, s'arrêta brusquement, se précipita sur mon pauvre feutre qu'il foula aux pieds jusqu'à le mettre en lambeaux. S'apercevant cependant que ce n'était qu'un objet inanimé, il se remit de plus belle à me poursuivre. Il y avait environ cent pas de distance entre nous ; je n'ai pas besoin de dire je faisais que des bonds désespérés ; mais, malgré tous mes efforts, mon adversaire ne s'en rapprochait pas moins de moi avec une effrayante rapidité.

Enfin, je doublai la pointe du rivage au delà de laquelle je m'attendais à trouver mon bateau. Il n'était point arrivé. Je parcourus du regard la vaste étendue du fleuve ; pas un vaisseau, pas une barque en vue ! Je me tournai de tous côtés ; je ne vis aucun être vivant, excepté le taureau écumant de rage qui arrivait sur moi avec une impétuosité toujours croissante. Je commençais déjà à être épuisé de fatigue ; ma dernière espérance s'était évanouie ! Jamais je n'oublierai l'an-

goisse que j'éprouvai en ce moment... la décrire serait une chose impossible.

Je ne vis qu'un parti à prendre et il n'était
guère moins dangereux que ma position
actuelle ; toutefois si, en m'y arrêtant, je
n'avais pas beaucoup plus de chance de salut, la mort dont j'étais menacé ne se présentait pas sous des couleurs aussi atroces.
Je ne savais pas nager, le fleuve était pro-
bnd et rapide, de plus, rempli d'alligators.
Il y avait mille à parier contre un que je
serais ou noyé, ou dévoré mais c'était
encore moins douloureux que d'être foulé
aux pieds et déchiré à coups de corne par un
taureau. Je recommandai mon âme à Dieu,
et je m'élançai dans le fleuve ; j'allai à fond
comme une masse de plomb, mais, avant de
disparaître, je crus entendre un bruit sourd
se mêler au gloussement des flots. Je remontai à la surface, et à peine avais-je la tête
au dessus de l'eau que je me sentis saisi
par le bras ; au bout de quelques secondes,
je me trouvai étendu au fond d'un bateau ;

j'étais sauvé ; j'en étais quitte pour un bain quelque peu involontaire.

Le budgerow s'était engravé sur un banc de sable, et l'équipage, incapable de le dégager, avait envoyé un léger canot au lieu du rendez-vous. Il venait précisément de tourner la pointe de la petite baie au moment où je plongeais dans le fleuve, et j'avais été ainsi presque miraculeusement arraché à une mort certaine.

A peine revenu à moi, je tournai mes regards du côté du formidable bison. Il allait et venait sur la rive, à demi disposé, en apparence, à me poursuivre au milieu de l'eau. Le sang coulait à flots de sa blessure, et il était évidemment frappé à mort ; mais sa fureur, au lieu de se calmer, n'avait fait que redoubler, il creusait la terre de ses sabots, faisait voler les pierres sous ses cornes, et s'enveloppait d'un nuage de poussière.

Je ne crois pas avoir jamais éprouvé de satisfaction plus vive et plus profonde que celle que je ressentis en remontant à bord de mon budgerow. L'effroi m'avait enlevé l'appétit et j'en étais d'autant plus navré, que je tenais à passer pour un homme d'intrépidité aux yeux de mes gens. Je n'entendis plus parler des deux domestiques qui avaient pris la fuite. Quand ma barque passa en face de l'endroit où j'avais laissé mon fougueux ennemi, je le vis gisant à terre dans les dernières convulsions de l'agonie... J'ordonnai à un des hommes de mon équipage d'aller à la recherche de mes fusils ; il les retrouva tous deux, mais assez endommagés par la secousse qu'ils avaient reçue. La nuit, je ne dormis que d'un sommeil agité, et je commençai à ne pas être trop partisan des voyages par eau.

Le lendemain matin, je fus éveillé par un colloque fort animé et fort bruyant entre les gens de mon équipage et une foule d'Indiens réunis sur le rivage.

Je remontai sur le pont où j'aperçus presque toute la population d'un village, assemblée au bord de l'eau et accompagnée d'une

gardes provinciaux, c'est-à-dire d'une bri-
gade de prétendus soldats à demi nus, sans
souliers, et armés de boucliers et de sabres
rouillés. J'eus assez depeine à me rendre
compte de ce dont il s'agissait; enfin je compris que c'était moi qui avais mis tout le
monde en émoi. Les Indiens étaient d'abord
horriblement irrités de ce que j'avais osé
tuer un bison sacré; et en second lieu, le
propriétaire de ma victime exigeait que je lui
en payasse la valeur; et, finalement, on refu-
sait avec énergie de permettre à mes gens
de démarrer mon budgerow tant que je
n'aurais pas délié les cordons de ma bourse.
Une déclaration de guerre, — eussé-je été
sûr de la victoire, — m'eût occasionné
beaucoup trop d'ennuis, et je me décidai
philosophiquement à payer la somme exi-
gée; ce que je fis, en effet, mais de fort mauvaise grâce, et non sans maudire le pays
où l'on était rançonné pour avoir failli être
éventré.

Pendant toute la journée, je fus condamné

à voir à chaque instant, des corps morts
flottant à vau-l'eau sur le fleuve. De temps
en temps notre bateau recevait une forte secousse, et, en me penchant pour en reconnaître la cause, j'apercevais des cadavres si
dégoûtants, si mutilés par les oiseaux de
proie, et tellement décomposés, que je détour-
nais la tête avec horreur. Je trouvai deux
scorpions dans ma cabine, et un de mes
dandies se cassa la jambe. Jamais journée
n'avait été plus désagréable pour moi ; par
dessus le marché, j'oubliai, la nuit de tirer
mes rideaux de gaze, et les maringouins
firent de tout mon corps une vaste plaie.

Le lendemain matin, comme j'étais assis
sur le pont, aspirant la fumée de mon houkah à l'ombre de mon parasol, j'aperçus, à
une courte distance, un canard sauvage qui
nageait auprès d'un vaste lit de roseaux. Je
me fis apporter mon fusil, et je me disposais
à faire feu, lorsque je découvris que le sus-
dit canard était tout simplement un canard
empaillé, qu'un Indien, caché au milieu des

roseaux, promenait sur le fleuve pour attirer
les canards vivants. Comme le chasseur
n'avait pas d'armes, je fus fort curieux de
savoir comment il s'y prendrait pour s'emparer du gibier qu'il parviendrait à tromper.
Je n'eus pas le plaisir de voir un échantillon
de son habileté, mais l'énigme me fut bientôt expliquée par mes gens.

Dès qu'une bande de canards sauvages
s'abat sur le fleuve, le chasseur s'empresse
de se coiffer d'une calebasse ou d'un gros
pot en terre ; puis, entrant dans l'eau bien au
dessus de l'endroit où nage le gibier, il s'en
rapproche sans bruit à la nage, ou plutôt en
se faisant flotter. Les canards, ne voyant que
le pot ou la calebasse, ne se défient de
rien et laissent, sans bouger, arriver au
milieu de leur bataillon le rusé Indien, qui
saisit, l'un après l'autre, par les pattes, tout
ceux qu'il peut empoigner, leur fait faire le
plongeon et les attache à sa ceinture, conti-
nuant ainsi à recruter des provisions pour

son garde-manger jusqu'à ce qu'une imprudence ou un malheur trahisse la ruse.

A la nuit tombante, j'allai me promener
sur le rivage qui était nu et sablonneux ;
et, comme il y avait un village dans le voisinage, je flânai à mon aise sans m'inquiéter
des bisons ou autres animaux sauvages.

Chemin faisant, je ramassai plusieurs têtes de mort qui gisaient sur le sol; tandis que
j'en examinais une, j'appris d'un Indien que
les sutures du crâne d'un homme n'étaient
rien moins que sa destinée écrite par le doigt
de Dieu avant son départ du pays des esprits
pour ce monde. Mon cordon de soulier s'é-
tant dénoué, j'avisai une grande pièce de
bois à quelques pas de moi, et je m'en ap-
prochai dans le but d'y appuyer mon pied
pour refaire le nœud détaché. Mais tout à
coup la poutre se mit à remuer et s'enfuit
vers le fleuve où elle plongea. C'était un immense alligator que j'avais troublé dans sa
sieste : un monstre contre lequel j'aurais été
incapable de me défendre s'il eût eu l'idée

de m'attaquer. Mon sang se glaça dans mes
veines, et je regagnai à la hâte mon budgerow, jurant bien de ne plus sortir, sous aucun prétexte, jusqu'à mon arrivée à Berhampore.

Je me disposais à me mettre au lit, quand
j'aperçus une vive lumière sur la rive; je
montai sur le pont, et je vis qu'elle provenait
d'un bûcher sur lequel les Indiens brû-
laient un cadavre. Aussitôt j'ordonnai à mon
équipage de démarrer le budgerow et de
remonter le fleuve jusqu'à un mille plus
haut; mais là encore m'attendait le même
spectacle, et force fut de me résigner à ma
destinée. Plus tard, je fus à même de remarquer qu'il était presque impossible de passer
la nuit dans le voisinage du village sans être
témoin de semblables cérémonies.

Le lendemain soir, mon maître batelier
prit beaucoup plus de précautions qu'à l'ordinaire pour choisir notre lieu d'amarrage
A mes questions il répondit que la moindre
erreur de sa part pourrait nous être très

fatale, vu que nous étions précisément arri·
vés à l'époque de la révolution de la lune où
devait passer un *boa*.

Quoique assez alarmé de cette nouvelle, je
ne fus pas fâché de me trouver à même d'observer un de ces étranges phénomènes. Je
dois informer mes lecteurs qu'un *boa* est une
vague terrible, de trois à quatre mètres de
haut, qui, à des époques fixes, descend le
fleuve en longeant une de ses rives, le tra-
verse à certains endroits, et suit toujours si
exactement la même direction qu'un dandie
habile n'est jamais en peine de s'en garer.
Comme l'avait prédit mon bon Indien, le boa
arriva vers dix heures, et à plusieurs milles l'avance nous pûmes entendre la vague
redoutable descendre le fleuve comme un
immense serpent, renversant tout devant
elle. Malheureusement notre pilote avait
amarré le bateau un peu trop près d'un point
où elle passait d'une rive à l'autre ; de telle
sorte que nous reçûmes de la vague un
coup de queue qui fit faire un saut de côté à

notre embarcation et la jeta tout à fait sur le flanc.

Je tombai lourdement, et ma tête heurta si violemment le plancher que je restai quelque temps sans connaissance.

Le lendemain matin, j'arrivai enfin à Berhampore, radicalement guéri de mon amour pour le fleuve et pour les budgerows...

UNE CHASSE A L'OURS

J'extrais le récit suivant d'une lettre qui m'a été tout dernièrement adressée.

« Nous nous trouvions dans les *gaults* de Holman, sur la rivière de Schlangé, dans une étroite vallée des Alpes scandinaves, au 70° degré de latitude. Mon ami le Lapon était venu nous retrouver avec Finck, le tueur d'ours, nous grimpâmes et un matin dans la montagne pour trouver un énorme animal qui nous avait été indiqué par les habitants. Notre hôte, qui s'appelait Nor-

trüm, nous avait accompagnés ; nous étions quatre, armés de fusils. Mes compagnons portaient deux couteaux en acier de Suède à la ceinture : un sur le côté droit, un autre sur le côté gauche. Quant à moi, je possédais un poignard d'une trempe à toute épreuve.

« Les nuages gris qui couraient dans la montagne au moment de notre départ se dissipèrent et nous avançâmes vers notre but presque en droite ligne, par des sentiers abrupts. Au bout de deux heures de marche, je m'arrêtai harassé ; mes compagnons, accoutumés à ces ascensions, ne paraissaient pas même essoufflés. Nortrüm, détachant d'un bouleau une bande d'écorce, la tourna adroitement en forme de corne et me la présenta remplie d'eau glacée. Cette boisson ranima mes forces, et nous continuâmes à monter, après avoir attaché en cet endroit les deux rennes qui nous avaient amenés.

« Nous avions dépassé la zone des épiceas,

et les rochers qui se dressaient devant nous
étaient nus et arides. Le froid devenait de
plus en plus vif; au dessous de nous, un
épais brouillard cachait à nos yeux la vallée
qui semblait une rivière de glace. Sur nos
têtes une forêt de roches aux formes boule-
versées, des bandes de neige et le ciel bleu.
Aucun bruit, si ce n'est celui de quelques
pierres qui s'écroulaient sous nos pieds et
tombaient au fond de l'abîme, et parfois le
bruit sourd d'une chute d'eau qui remon-
tait jusqu'à nous. Quel spectacle! nous nous,
trouvions dans les domaines de la vieille
nature, et nous approchions de la demeure
présumée des ours.

« Finck, qui nous conduisait s'arrêta, et
nous imitâmes son exemple. Il se débarras-
sa de son épaisse blouse en *waldmel* et ne
conserva que sa veste de peau, ce que fit également son camarade; puis il se mit à ramper
comme un serpent sur les rochers, et, au
bout d'une demi-heure, il revint annoncer

qu'il avait vu par corps l'animal, ou plutôt
l'anachorète solitaire à quatre pattes.

« Nous étions à peine éloignés de quatre
cents pas de l'animal, mais l'escarpement
nous empêchait de voir ce qui se passait et
d'entendre les nombreux hourras poussés
par les traqueurs. Le froid nous faisait
grelotter, moi particulièrement, et le silence
le plus grand régnait autour de nous.

« Nous allions courir un danger de mort
l'un de nous du moins — et aucune gloire
ne pouvait nous en revenir, car nul ne con-
naîtrait les détails de notre fin. Jouer notre
vie contre la peau d'un ours ! En vérité, notre existence ne valait-elle pas mieux ?

« Ce n'était plus l'heure des réflexions : il
s'agissait d'agir ou de reculer. L'endroit dans
lequel nous nous trouvions présentait une
surface de quinze à vingt mètres de circon-
férence. C'était cet emplacement que Finck
avait choisi pour amener le monstre à combattre avec lui. Nortrüm et son ami le Lapon
devaient, au premier grognement, s'élan-

cer à droite ou à gauche sur les escarpe-
ments du défilé et rester tranquilles pour
que l'ours, en nous éventant, ne s'inquiéta
pas outre mesure. Finck avait reçu la con-
signe de se placer derrière moi au premier
signal. Je m'avançai donc seul avec précau-
tion, dans la direction de la caverne.

« Lorsque j'arrivai au coude qui formait
le défilé, j'aperçus à vingt ou trente pas, à
l'entrée d'un trou de quatre ou cinq pieds
d'ouverture, une forme sombre qui me parut
vague d'abord, mais dans laquelle je recon-
nus vite celle de notre ours. Il était posé à la
façon d'un sphinx, le corps à moitié sorti
de la caverne, la tête en avant, les oreil-
les aux écoutes. Evidemment la bête nous
avait éventés depuis longtemps, car on sait
que l'ours est doué d'un odorat très subtil.
Je m'arrêtai immobile. L'ours ne bougea pas :
seulement, à la place des yeux que je n'a-
vais pas encore aperçus, je vis deux points
lumineux, phosphorescents, qui grandis-
saient toujours. Je subissais en ce moment

comme une fascination, mon regard se per-
dait. Ce fut un éclair. Le sentiment de ma
position me revint et je fis un pas. Les oreil-
les de l'ours s'agitèrent, un frémissement
passa sur tout le corps du monstre, un léger
grondement se fit entendre : c'était son dernier avertissement, sa dernière menace.

« Je fis machinalement le mouvement
d'épauler mon fusil. L'ours s'était dressé,
il marchait sur moi. Je jetai un cri ; je le
vis debout ; il avait plus de cinq pieds ; le
poil de sa tête était hérissé, ses yeux, rouges comme du plomb fondu, brillaient comme deux bougies allumées ; il soufflait, ses
dents claquaient de fureur et produisaient
un bruit féroce : c'était un spectacle hideux
à voir.

« J'avais instinctivement reculé, et, d'autre part, je voulais amener l'animal à l'endroit choisi par Finck. Mais il avait franchi
promptement l'espace qui nous séparait. Je
craignis d'être surpris par lui, aussi je me
hâtai de lui envoyer un coup de feu à quatre

pas. Deux coups de carabine avaient appuyé
mon attaque.

J'entendis un grognement terrible, suivi
au même instant d'un cri humain. L'ours
tenait l'intrépide Finck serré contre sa
poitrine. Le combat se livrait, malheureusement dans un défilé trop hérissé de pointes rocailleuses pour que l'homme ne fut
pas promptement meurtri. Le Lapon avait
saisi son ennemi par le cou et le tenait em-
brassé. Dans cette position l'animal ne pouvait le mordre, mais il le serrait et cherchait
à le broyer entre ses bras.

« L'intrépide Lapon avait lâché son couteau en se roulant avec l'ours sur un rocher hérissé d'aspérités, et, comme il avait
été blessé à la main, il se voyait dans l'im-
possibilité de tirer son second couteau de
sa gaîne. Je trouvais la lutte interminable.
Nortrüm pensait comme moi, et je le vis
bientôt dégaîner et se laisser glisser entre
les deux lutteurs. Le Lapon le suivait :
c'est à ce moment-là que je m'aperçus que

Finck était désarmé. Je compris alors pourquoi l'ours n'était pas mort, quoiqu'il per-
dit des flots de sang. Il grondait, il rugis-
sait à faire dresser les cheveux sur la tête.
Il n'y avait pas un instant à perdre. Finck
pouvait mourir étouffé. Je tirai mon poignard
et le lui mis à la main.

« Je reçus bien un coup de griffe ; mais
deux secondes s'étaient à peine écoulées,
qu'un hourra formidable annonça l'hallali.
L'ours râlait ; ses yeux sortaient de leurs
orbites ; sa gueule ensanglantée nous me-
naçait bien encore, mais il n'y avait plus rien
à craindre.

« Quelques instants après il était mort.

« Finck était couvert de sang. Il avait les
jambes labourées par des coups de griffes.
Je lui offris une gourde pleine de rhum,
et on alla chercher de l'eau pour laver ses
blessures. Nortrüm, en qualité de méde-
cin, déclara, après examen, que des com-
presses d'eau glacée et des frictions faites
avec de la graisse d'ours suffiraient pour

Grandes Chasses.   5

guérir notre brave compagnon avant la fin de la semaine.

« Quoique blessé et condamné au repos, Finck voulut *servir* la bête lui-même. Il lui coupa le pied droit afin de ne pas perdre la prime offerte par l'Etat. Le reste de l'opération ne demanda pas beaucoup de temps, et on chargea la peau et les meilleurs morceaux de l'animal sur les deux rennes que l'on était allé chercher. Une de mes balles s'était logée à deux pouces du cœur, l'autre à gauche. Les deux autres coups de feu avaient portés dans le cou et dans les épaules. Aucune de ces blessures n'était mortelle.

« Tout naturellement je voulus manger de cet ours, mais soit que cette viande exige un assaisonnement que je ne pouvais lui donner, soit que j'éprouvasse une répugnance inexplicable, je la trouvai coriace et de trop haut goût. On eût dit du sanglier arrosé avec de l'huile de noix. Ce qui n'empêche pas que les jambons d'ours gelés soient

très appréciés par les Suédois, et le reste de
la chair un véritable régal pour les Lapons.
La graisse sert à plusieurs usages. Fraîche,
elle remplace le beurre de renne ; fondue,
elle tient lieu d'huile de poisson ; on l'emploie également avec succès contre certaines
douleurs.

Nous fîmes encore plusieurs chasses dans
lesquelles on employa la lance au lieu du
couteau. Une fois pendant ces excursions à
travers les montagnes, j'eus l'occasion de
tirer l'animal, par surprise, à vingt ou vingt-
cinq pas. La balle lui laboura les côtes.
L'ours me fixa alors une seconde, fit sept
ou huit pas au trot, se leva sur ses pieds de
derrière et se dirigea vers moi, en poussant
des grognements féroces et en exprimant sa
colère par cet épouvantable grincement de
dents qui fait frissonner ceux qui l'enten-
dent.

« Nous étions toujours tous quatre réunis.
Finck passa encore devant moi et, à l'aide
d'une longue lance de trois mètres, armée

d'un fer très pointu fort solidement emman-
ché, il frappa violemment l'ours en pleine
poitrine. Le fer pénétra très profondément
dans les chairs. L'animal, fou de rage, se
démenait et s'enferrait de plus en plus.

« Pendant ce temps-là, le Lapon, maintenait toujours sa lance avec une surpre-
nante adresse, afin qu'elle ne se rompît pas.
J'ajouterai, du reste que le bois de la ham-
pe est choisi tout particulièrement, et que
rarement il se brise en deux.

« Cette bataille dura dix minutes environ.
A la fin l'ours s'abattit et nous le vîmes
rouler sur lui-même pendant quelques instants. Il lançait des flammes par les yeux et
du sang par la gueule. Tout à coup il poussa
un grognement inexprimable, se raidit et
tout fut fini.

Les Lapons ont encore un singulier
moyen, très ingénieux du reste, pour se
procurer de la chair d'ours. Lorsqu'ils ont
vu par corps un de ces animaux et qu'ils ont
pu juger sa taille, ils creusent, à la hauteur

convenable, un trou dans le tronc d'un vieux arbre et le remplissent de miel. Puis ils suspendent aux branches supérieures de l'arbre une poutre dont l'extrémité cache l'ouverture du trou. Ils ont soin d'arranger cette poutre de façon à ce qu'elle fasse un mouvement de balancier.

« L'ours, très friand de miel, comme on le sait, se dresse sur ses pattes pour lécher la substance saccharine. Mais, pour arriver à ses fins, il lui faut écarter le balancier, lequel, en retombant le frappe à la tête, partie du corps très sensible chez cet animal.

« Telle est la gourmandise de l'ours, qu'il ne se lasse pas d'écarter ce terrible balancier par lequel, à la longue, il est étourdi à ce point qu'il tombe au pied de l'arbre où le plus souvent, il meurt, assassiné par lui-même sans le vouloir.

« Tous les ours que j'ai vu en Norwège et en Suède étaient plus ou moins bruns. Il y en a de très noirs du côté de Trondjou.

« Du reste, dans les régions où nous

avions chassé ces animaux ils sont plus frugivores et herbivores que carnassiers ; ils n'attaquent jamais l'homme, à moins d'être blessés ou provoqués par lui. Dans ce cas la rencontre entre les deux ennemis devient un combat à mort. Toute fuite est impossible, et malheur au chasseur qui cherche ce moyen de salut.

« J'ai entendu faire par un Anglais, lors de mon retour de Hambourg à Paris, ce portrait assez exact de l'ours de Suède :

« — C'était un parfait gentleman : si vô passez à côté de loui, il vô regardait pas; si vô insultez loui, alors il boxait vô, oh yes! »

CHASSES AUX AUTRUCHES

A quelle famille appartiennent les autruches? Les uns en font des« échassiers, »
les autres les affilient aux « coureurs » et
certains aux « gallinacés ». Les savants ne
s'accordent pas entre eux. Pour moi une
autruche est une autruche. Les Orientaux
avaient donné à cet oiseau le nom d'*oiseau
chameau*, et certainement l'élévation de ses
jambes, la longueur de son cou et, en quelque sorte la forme de sa tête, la rapidité de
sa course, tout, jusqu'aux lieux hantés

par cette créature étrange, lui donne une res-
semblance étrange avec le quadrupède du
désert.

Aristote — pourquoi pas? — prétendait
de son temps que l'autruche était partie
oiseau, partie quadrupède. Ce qu'il y a de
certain, c'est que l'autruche atteint quelquefois deux mètres de hauteur et peut peser
jusqu'à quarante kilos. Elle a la tête petite,
charnue et calleuse à la partie supérieure,
garnie inférieurement de poils clairsemés,
blancs et brillants, le bec droit, court et
déprimé; l'orifice de l'organe de l'ouïe
découvert et garni à l'intérieur de poils; les
yeux grands et vifs; un cou mince, long d'un
mètre environ et dont la peau, d'une couleur chair livide, n'est recouverte que de poils
blancs et peu abondants. Les ailes sont hors
de proportion avec le corps, et, outre leurs
plumes flexibles et ondoyantes, elles sont
pourvues chacune de deux piquants semblables à ceux du porc-épic. La queue est
garnie de pennes dont la structure est la

même que celle des ailes. Je passe maintenant à ses jambes recouvertes d'une peau
épaisse et ridée, à ses pieds vigoureux garnis de grosses écailles et formés de deux
doigts seulement, reliés ensemble, à la base,
par une grosse membrane.

Le plumage chez le mâle est noir, strié
de gris et de blanc ; les grandes plumes des
ailes et celles de la queue sont blanches. La
femelle est brune ou d'un gris cendré, partout où le mâle est d'un noir éclatant. Elle
n'a de plumes noires qu'à la queue et aux
ailes.

La femelle pond dans le sable de vingt
à cinquante œufs gros comme un boulet
allongé, qui pèsent de deux à trois livres.
Dès que les petits sont éclos, ils se mettent à courir en quête de nourriture. Bien
qu'ils n'aient pas encore de plumes, ils sont
tellement agiles à la course qu'il est impossible de les attraper.

L'autruche est un animal d'une grande
stupidité et d'une gloutonnerie exception-

nelle: on assure qu'elle mange le fer. Quoique sa chair soit visqueuse et nauséabonde, les Africains en mangent souvent. Les autruches vont par troupes dans le désert et les contrées sablonneuses. Leur aspect épouvante souvent les caravanes, parce qu'on les prend pour des hommes à cheval.

Certains auteurs ont prétendu que l'autruche était sourde ; il n'en est rien ; elle est au contraire douée d'une ouïe très fine. Une assertion erronée, c'est qu'elle est mauvaise mère : bien, au contraire, elle défend ses petits et les protége avec une grande sollicitude et beaucoup de courage.

Il est certain que, sous la zône brûlante, elle abandonne ses œufs pendant la journée, mais elle revient les couver pendant la nuit.

La chair de l'autruche est blanche et ressemble fort à celle du dindon. Les Romains la tenaient en grande estime. On raconte qu'un empereur romain — Caracalla — se

fit servir une autruche à l'un de ses repas
et qu'il la dévora en entier ; Héliogabale
fit façonner un plat composé de six cents
cervelles d'autruches.

Les œufs passent pour un mets divin,
digne de Lucullus. On les mange à la coque
ou en omelettes ; mais généralement on les
vide, car ils servent aux Africains pour
façonner des ornements qu'ils suspendent
aux plafonds ou aux voûtes de leurs tentes
ou de leurs habitations. D'aucuns même
les emploient pour récipients à eau.

L'autruche aime à se baigner. Il y a de
nombreux témoignages de ce fait qui,
cependant, a été nié par quelques voyageurs.

J'ai parlé de la facile digestion de l'autruche. Rien n'est plus vrai, et pourtant la
chose est très exagérée. Leur nourriture
habituelle consiste en racines, en graines
et en toute sorte de plantes légumineuses
C'est particulièrement la *narce*, sorte de
bulbe jaunâtre qui croît dans le sable, dont

la forme est celle d'un navet et dont les
feuilles sont couvertes d'épines, qui es
appréciée par ces oiseaux africains.

Cette racine, fort bonne à manger, a le
goût d'amandes douces.

Lorsque l'autruche cherche des *narces* et
les déracine, elle avale souvent des pierres
comme le ferait tout autre animal qui en
trouverait dans sa nourriture. C'est de là,
sans doute, qu'est venue l'erreur si popu-
laire et si profondément accréditée. Les
autruches que l'on rencontre dans les
ménageries ou les jardins publics sont très
peu difficiles sur la nourriture et se conten-
tent d'un mélange d'orge, de son et de
choux. On en a vu dévorer, avec une sorte
de plaisir, des copeaux qu'un menuisier
avait laissés dans la cage qu'il venait
de réparer.

Je passe maintenant à la chasse à l'autruche, chasse très intéressante à laquelle les
Arabes s'adonnent avec passion. L'autruche
poursuivie étend et ouvre ses ailes en

courant, et semble — comme le dit Job dans l'Ancien Testament — défier le cheval et le cavalier. Elle a soin de jeter des pierres qu'elle soulève avec ses pattes pour arrêter la marche du chasseur.

Les Arabes chassent l'autruche à cheval, en tournant autour d'elle, pendant plusieurs heures, jusqu'à ce qu'ils parviennent à couper sa course.

D'autres fois, grâce à la rapidité de sa monture, l'Arabe arrive à s'emparer de l'oiseau convoité, après une poursuite des plus opiniâtres, où la bête à deux pattes finit par tomber de fatigue, victime de son habitude de décrire en fuyant de grands cercles que le chasseur sait couper à propos, épargnant ainsi à son cheval une grande partie de son trajet. Lorsqu'il a répété ce manège un certain nombre de fois, il parvient enfin, mais seulement parfois après huit à dix heures de chasse, à s'emparer de l'oiseau, dont la course est plus rapide que celle du cheval le plus léger. S'il emploie des lévriers à cette chasse, elle devient moins pénible et moins longue.

On a dit que l'autruche, lorsqu'elle se voit au moment d'être prise, cachait sa tête sous son aile, comme feraient des enfants qui mettent leur tête dans leurs mains ouvertes, afin de ne pas être vus. Ce fait est contesté par plusieurs chasseurs dignes de foi ; et, en dernier lieu, par le docteur Livingstone qui a eu l'occasion de chasser l'autruche dans ses voyages dans l'Afrique australe.

C'est au mois de mars et d'avril, particulièrement, que l'on chasse les autruches, car c'est la saison où les plumes ont repoussé et où elles sont bonnes pour la vente. Dans les autres périodes de l'année, ces oiseaux ont la fâcheuse habitude, comme les paons et les dindons qui font la roue, de traîner les plumes de leurs ailes, ce qui abîme les barbes des plumes, diminue leur valeur et les salit extrêmement.

Dans le pays des Bechuanas et le Doma.

ra, les chasseurs aborigènes n'ont pour
armes qu'un arc et des flèches, celles-ci
empoisonnées au moyen du suc des euphor-
bes ou par le résidu des entrailles d'une
chenille appelée le *n'ywa*. Il paraît que ce
venin est très dangereux, car les noirs africains — chez qui la propreté est une qualité
rare — ont grand soin de se laver les mains
quand ils ont touché au *n'ywa*.

Ceux qui seraient atteints par ses
effets délétères deviendraient fous furieux
et enfin idiots pour le reste de leur vie.

Muni de ces terribles engins, le chasseur
qui a découvert un nid d'autruche, va enlever les œufs et se couche à plat ventre dans
l'excavation où ils se trouvaient. Combien
d'heures reste-t-il là ? Lui seul et Dieu le
savent; à la fin, la mère couveuse paraît à
l'horizon : elle avance à grands pas. La
voilà, et quand elle est assez proche, l'ar-
cher africain qui tient son arc bandé vise,
lâche la corde et la flèche va frapper généralement l'oiseau en pleine poitrine. Le

mâle qui suit de près sa femelle, tombe
également sous l'arme meurtrière de ce
chasseur primitif, car celui-ci sait très bien
s'y prendre pour mettre à mort sa
double proie.

Une autre façon de chasser l'autruche
est pratiquée par les Bechuanas. Ils se revê-
tent de la dépouille de l'un de ces oiseaux
et s'avancent dans le pays fréquenté par
ce gros gibier, en imitant ses allures, jusqu'à
ce qu'ils parviennent à portée de l'un
d'eux.

M. Moffat, voyageur anglais très célèbre, décrit fort longuement ce genre de
sport, en racontant comment l'Africain tient
la tête empaillée debout, pour l'agiter, se
blanchit les jambes avec de la craie, et
agite de temps en temps les ailes pour mieux
jouer la comédie. Il arrive quelquefois
qu'un mâle curieux s'avance de très près,
afin de voir par lui-même qui est cet
inconnu. C'est là le moment dangereux, car
si le chasseur n'atteint pas l'oiseau avant

d'avoir été repoussé par lui il peut recevoir
quelque horion très dangereux.

Le voyageur Anderson raconte avoir
vu chasser l'autruche à la course par les
Boschimen , sur les bords du lac N'gavis ;
c'est à coups de bâtons qu'on procède, de
façon à casser les jambes aux oiseaux.

Il y a encore d'autres chasses aux autruches, au moyen de pièges. En premier lieu,
le lacet, corde tendue à un jeune baliveau,
avec laquelle, à la hauteur du cou, on forme
un nœud coulant. L'autruche passe par là,
introduit le cou dans le rond de chanvre, et
clac ! la bobinette choit et la farce sinistre
est jouée. L'oiseau se trouve bel et bien
pendu. Un second mode de chasse est
celui de trous recouverts de roseaux et
d'herbages, dans lesquels l'autruche tombe
et d'où elle ne peut plus sortir.

Je termine cet article par le récit d'une
chasse faite par M. Anderson, qui a si
longtemps habité l'Afrique, et qui s'est,

maintes fois donné le plaisir d'une de ces
parties.

« Un jour, sur le chemin qui conduit
de Bay à Cheppœnsdorf, nous aperçûmes
une autruche mâle ayant près de *lui* sa
femelle et dix-neuf petits de la grosseur
d'une poule de basse-cour.

« Depuis longtemps je souhaitais une
rencontre pareille; aussi mes compagnons et moi descendîmes-nous des selles
posées sur le dos de nos bœufs. Nous
voulions nous emparer particulièrement
des jeunes.

« Dès que le père et la mère autruches
eurent vent de nos projets, ils détalèrent,
la femelle en avant, les petits après, et le
mâle par derrière, pour protéger sa famille.
Rien n'était plus touchant que cette anxiété
paternelle. Quand l'oiseau eût compris que
nous gagnions sur lui, il usa d'un strata-
gème ordinaire chez tous les oiseaux et
les quadrupèdes : celui de se séparer de la
bande, afin de nous attirer sur ses pas. Mais

lorsqu'il se fut aperçu que nous ne faisions pas la moindre attention à lui, il changea de gamme et fit semblant d'être blessé. Nous le vîmes décrire des cercles, s'arrêter, se coucher, se relever, et enfin tomber, lorsqu'il ne fut plus qu'à une demi-portée de fusil.

« Déjà l'un de nous avait tiré sur lui et je crus qu'il était blessé. Je m'avançai pour l'achever. Au moment où je l'ajustais, je compris que tout ce qu'avait fait l'oiseau jusque-là n'était qu'une ruse, car l'autruche se releva d'un bond et courut dans une autre direction opposée à celle de la femelle et de sa famille. Les petits, pendant ce temps-là, avaient gagné du terrain et se trouvaient bien loin. Il nous fallut une heure de poursuite obstinée pour réussir dans cette entreprise cynégétique.

« Nous parvînmes à nous emparer de neuf jeunes dans la compagnie, et encore se défendaient-ils avec un grand acharnement.

« Du reste, c'était un assez joli succès
et nous dûmes nous tenir pour très satis-
faits. »

———————

CHASSE AUX CONDORS

Il y a deux siècles, le nom de « condor » n'éveillait à l'esprit que des idées parfaitement indécises. Il représentait à la pensée un oiseau légendaire, quelque chose de géant, d'énorme, d'impossible, comme le sont les kracken et les serpents de mer.

Certains voyageurs avaient décrit ces oiseaux comme ayant des ailes d'une longueur de vingt pieds et des serres si puissantes qu'ils pouvaient enlever un bœuf de la plaine sur les plus hautes montagnes des Andes.

Notre naturaliste Buffon, lui-même, s'était laissé séduire par les charmants attraits du merveilleux et il avait composé son condor de traits empruntés aux plus gros oiseaux de la création. Des récits plus exacts, tracés par des voyageurs à l'imagination calme, au sentiment véridique, ont fait justice de ces fables et le condor a perdu ses proportions colossales, tout en demeurant dans la famille des carnassiers à plumes le roi des Andes, soit par sa force, soit par sa haute stature et sa taille démesurée.

Le condor, classé parmi les vautours, présente, lorsqu'il a les ailes déployées, une envergure qui varie de deux à trois mètres. Sa longueur, de la tête à l'extrémité de la queue, est d'un mètre et quart et sa grosseur dépasse celle de tous les autres oiseaux de proie.

Sa tête et une partie de son cou sont dénudées et, comme chez les vautours; une peau rugueuse, de couleur violacée, forme une

sorte de crête au sommet de la tête. Elle est
flasque et sillonnée de rides profondes sur le
cou, le long duquel elle retombe, couvre la
face de ce géant des airs, laquelle est dépour-
vue de toute espèce de plumes. Quelques
touffes d'un poil rare, très court, d'une teinte
rougeâtre, se montre çà et là sur les joues
et derrière la tête. Cette partie aride et nue
d'apparence désagréable et qui semble parfaitement disposée pour fouiller les cadavres, est nettement terminée par un bourre-
let au dessus du cou, collier formé d'un duvet
épais, soyeux et d'une blancheur de neige
d'autant plus éclatante, qu'elle contraste avec
le plumage du reste du corps, dont la teinte
est uniformément d'un beau noir bleuâtre,
excepté seulement aux ailes, où certaines
plumes assument une teinte qui perle. Le bec
du condor, droit, robuste, et crochu à l'extrémité de la mandibule supérieure, est noi-
râtre à sa base et jaune dans le reste de sa
longueur. Les ongles des serres, longs d'un
pouce, sont recourbés et noirs. Enfin, l'œil

gris et irisé, d'une forme ovale, est environné de cils.

Ces proportions, ces formes, ces couleurs sont celles d'un condor qui a atteint son entier développement. Lorsque ces oiseaux sont jeunes, avant de prendre le plumage de l'adolescence, ils sont recouverts d'un duvet très long, très fin, cotonneux et blanchâtre, qui double presque leur grosseur apparente ; mais leur première couverture est brune et ne devient apparente qu'à la seconde mue.

Comme la plupart des oiseaux, la femelle ne ressemble point au mâle. Si d'une part elle est plus grosse, de l'autre elle est privée de la crête et les couvertures des ailes sont brunâtres.

La contenance de ces oiseaux est loin d'avoir la fierté de l'aigle. Leur tête renfrognée et brave leur donne un air sombre et triste, et leur corps n'offre à la vue qu'une masse courte, épaisse, courbée sous de grandes ailes entr'ouvertes et à demi pendantes. Mais lorsque ces ailes sont déployées, les condors

regagnent par l'élégance de leur vol tout ce
que la nature leur a refusé dans l'attitude du
repos. On voit alors les condors planer avec
noblesse et majesté dans l'espace immense,
s'élevant bien plus haut que la cime des pics
les plus escarpés des Andes ou des Grandes-
Cordillières qui traversent l'Amérique du
Sud dans toute sa longueur, depuis l'isthme
de Panama, jusqu'en Patagonie et au cap
Horn.

Rien n'est plus majestueux qu'un condor
qui se balance dans l'espace sur ses ailes, et
le voyageur se plait à contempler cette masse
emplumée qui justifie jusqu'à un certain
point l'axiome : plus lourd que l'air.

Les condors ne descendent guère dans les
plaines que lorsque la nourriture leur man-
que sur les montagnes. Ce n'est donc qu'ac-
cidentellement qu'ils s'abaissent au dessous
des points où finissent les neiges qui cou-
ronnent les Andes, c'est-à-dire pour chasser ; car bien qu'ils se nourrissent de cadavres et de charognes, comme les autres vau-

tours, ils ne dédaignent pas de s'attaquer à de
jeunes animaux incapables de se défendre
et dont ils viennent facilement à bout. C'est
même ce seul motif qui engage les Chiliens
et les Péruviens à leur déclarer la guerre
pour se débarrasser de ces déprédateurs
audacieux. Lorsqu'il est pressé par la faim,
le condor abaisse son vol et vient se mettre
en observation sur une pointe de rocher sus-
pendue au milieu des plaines. De là par une
puissance étonnante du regard, il parcourt
les étages inférieurs de la montagne et les
vastes prairies et cherche une proie à dévorer. Quelquefois, dans les moments de diset-
te, les condors se rassemblent pour attaquer
en commun de plus gros quadrupèdes, des
bœufs, des chevaux qui, pour se défendre,
n'ont qu'un seul moyen : la fuite.

Mais les condors les ont vite rejoints, et,
à coups de bec, à l'aide de leurs serres et
des battements de leurs ailes, ils parviennent bien vite à abattre une de leurs victi-

mes qu'ils dépècent et dévorent sur place,
en s'en partageant les lambeaux.

Quelle qu'ait été la victoire, le condor n'en
n'est pas moins très mal organisé pour l'at·
taque des animaux en vie. Ses pattes, quoique très grosses, ne lui permettent pas de
déchirer facilement la chair dure et encore
palpitante, et ses griffes, plutôt droites que
courbes, ne se terminent pas en pointes aiguës et crochues, comme celles des faucons
et de tous les oiseaux de proie. La raison de
ce vice de construction, à ce point de vue,
c'est que la Providence a donné pour mission
aux condors et aux vautours, à la famille
desquels les condors appartiennent, de dé-
blayer le sol de toutes les immondices cada-
vériques dont la corruption pourrait engen-
drer des émanations pestilentielles et vicier
l'air de façon à porter atteinte à la santé de
l'homme et des quadrupèdes.

C'est pour ce motif que les vautours de
l'espèce *Cathartes*, — l'*Urubu* de l'Amérique
du Sud, — sont protégés par les habitants de

plusieurs villes de l'Amérique et entre autres
ceux de La Vera-Cruz et de Lima, et qu'ils
se tiennent gravement sur le toit des mai-
sons, attendant qu'on jette dans la rue quelques immondices, qu'ils se hâtent de dévorer
sur place, sans s'inquiéter de l'approche des
passants et du mouvement des voitures. Ces
vautours ont acquis cette grande familiarité,
grâce à la protection, déjà très ancienne, qui
leur est accordée par les ordonnances de
police, condamnant à une très forte amende
quiconque ose les maltraiter.

On raconte que les condors se réunissent
quelquefois en bandes et agissent de concert,
lorsqu'ils aperçoivent des moutons paissant
dans la plaine, qu'ils s'abattent alors à quelque distance du troupeau, se distribuent des
postes, de manière à former une ligne circu-
laire; puis ils marchent en sautillant et en
frappant à grand bruit l'air de leurs ailes.
Les moutons effrayés se pressent, se rappro-
chent les uns des autres; lorsqu'ils forment
une masse qui ne peut plus se mouvoir, ni

fuir, ni se défendre, les condors s'élèvent et se rabattent immédiatement. Un affreux carnage commence alors, qui se termine par la mort certaine de toutes les bêtes du troupeau.

Les préjudices que les condors font éprouver, tous les ans, aux grands *hacienderos* du Chili, du Pérou, et de toute la ligne des Andes et des Cordillères, sont tels que les propriétaires leur ont déclaré une guerre à outrance. C'est même un des exercices favoris des peuples qui habitent au pied des montagnes de ''Amérique du Sud.

Rien n'est plus facile que de tuer ces oiseaux à coups de fusil chargé de chevrotines ; mais de cette façon, on ne détruit qu'un seul individu, et encore faut-il parvenir jusqu'à lui, ce qui est assez difficile. Les propriétaires des *haciendas* préfèrent donc attaquer les déprédateurs de leurs propriétés en masse, afin d'en détruire le plus grand nombre possible.

Dans ce but, ils emploient les moyens sui-
vants :

Connaissant la grande difficulté que les
condors ont pour prendre leur vol, sans
avoir couru pendant une vingtaine de pas,
surtout lorsqu'ils sont repus, les chasseurs
de l'Amérique du Sud se sont imaginés d'en-
tourer d'une clôture, dans un endroit solitaire
et éloigné des habitations, un petit espace de
terrain. Ils plantent des troncs d'arbres les
uns près des autres et les entrelacent de
branches d'arbres, ne laissant qu'une porte
d'entrée ou de sortie. Dans cette enceinte on
dépose le cadavre d'un cheval destiné à servir d'amorce.

Bientôt, grâce à la vue perçante des condors et à leur prodigieux odorat, on voit ces
oiseaux arriver en grand nombre. Suivant
leur coutume, ils se dirigent vers l'animal
mort en décrivant dans leur vol, et à de très
grandes hauteurs, des cercles qui se resserrent peu à peu en forme de spirale.

Les premiers venus vont se percher sur les

rochers voisins pour observer les environs, et finissent par s'approcher de la clôture, mais toujours avec une certaine défiance, ce qui désespère le plus patient chasseur.

Après mille détours et contre-vols, les oiseaux de proie se décident enfin à franchir la palissade par la porte réservée, et, fondant sur le cadavre, ils s'empressent de satisfaire leur voracité, jetant après chaque coup de bec un regard oblique autour d'eux.

Plusieurs autres condors viennent ensuite, à leur tour, prendre part à cette curée, et c'est seulement lorsque le nombre est assez grand, quand ces oiseaux, gorgés de viande, alourdis, titubants, peuvent à peine se mouvoir, que des hommes cachés dans les broussailles du voisinage se dirigent en courant dans cette enceinte et les tuent à peu près tous avec les gros bâtons dont ils sont armés.

D'autres s'emparent des condors à l'aide de *lassos*, ces longues lanières de cuir terminées par des boules de plomb, que les chasseurs de l'Amérique du Sud jettent avec la plus grande dextérité, au repos ou à la course, soit à pied, soit à cheval.

Telle est la manière dont les chasseurs détruisent au Chili, au Pérou et dans toute l'étendue des pays de montagnes, ces grands oiseaux de proie. Un historien, nommé Monlia, raconte que ces chasseurs se couvrent de la peau d'un animal de façon à tromper les condors, et qu'ils les attirent ainsi de façon à pouvoir les attraper par les pattes. Je ne crois pas à la possibilité d'une pareille chasse.

La guerre faite aux condors est non seulement très utile, mais encore une source de plaisir pour les paysans des Andes et des Cordillières.

Un grand nombre d'entre eux se montrent très orgueilleux de pouvoir exhiber leur adresse à se servir du lasso. On en a vu qui étaient assez adroits pour attraper des oiseaux qui volaient en l'air. C'est du reste avec ce même lasso qu'ils s'emparent des

animaux domestiques dispersés en toute
liberté dans les vastes domaines des haciendas américaines.

Une autre méthode pour chasser les condors est l'empoisonnement. Elle rappelle la
manière dont les enfants dans nos campa-
gnes prennent les corbeaux au moyen de la
noix vomique. On enferme dans les corps
de l'animal exposé pour appât des substan-
ces vénéneuses, au moyen desquelles le
condor tombe dans une inertie léthargique,
et pendant de sommeil on peut s'emparer de
cet oiseau de rapine sans recourir au lasso.

CHASSES AUX BISONS

Le bison, communément appelé buffalo,
est l'animal le plus remarquable de l'Amérique du Nord. Sa taille énorme, sa force pro-
digieuse, l'habitude qu'il a de se réunir en
troupeaux innombrables, les pays qu'il fré-
quente, la valeur de sa chair et de sa peau,
ressources inestimables pour le voyageur,
aussi bien que pour les tribus indiennes, la
manière de le chasser et de le prendre, tout
concourt à faire du bison un animal précieux et digne d'intérêt.

C'est d'ailleurs le plus grand des rumi-
nants originaires d'Amérique ; son poids
dépasse même celui du renne, dont la taille
est cependant au moins égale à la sienne. La
tête énorme, le front large et triangulaire, la
bosse conique qu'il porte sur ses épaules,
les yeux petits mais vifs et perçants, les cornes courtes et noires , en forme de croissant,
la crinière épaisse, qui lui couvre le cou et
le devant du corps, la petitesse comparative
du train de derrière, la queue courte et garnie à l'extrémité d'une touffe de poils, tels
sont les détails particuliers et les traits carac-
téristiques de cet animal.

Le bison est d'un brun foncé, tirant sur le
noir : on en voit quelquefois d'une couleur
brûlée, ou brun verdâtre, mais cela dépend
de la saison.

La chair du bison est succulente et déli-
cieuse : elle est d'une qualité aussi bonne,
sinon supérieure à celle du bœuf le mieux
nourri. On peut la comparer à la viande de

nos boucheries, rehaussée d'un fumet de
gibier.

Les bisons se trouvent encore sur une
immense partie du territoire américain, bien
que de nos jours ce ne soit pas comme par
le passé. Les chasseurs, aussi bien que la
marche de la civilisation, ont peu à peu
empiété sur les contrées où ils régnaient en
maîtres, et maintenant leur territoire est
borné d'une part à l'ouest par les montagnes
Rocheuses, de l'autre à l'est par le Missis-
sipi, vers la source de ce fleuve. Il faut
s'avancer bien au milieu des prairies pour
découvrir les traces de l'énorme quadrupède.

Au Texas, le bison parcourt tout le pays,
mais il devient plus rare au Mexique.

La chasse aux bisons, est, parmi les tribus des Peaux-Rouges, une occupation
plutôt qu'un amusement. Ceux qui la font
par plaisir sont en bien petit nombre, car
pour jouir de ce sport unique il faut entre-
prendre un voyage de plusieurs centaines

de milles, au risque d'être scalpé par les
Peaux-Rouges, et c'est là un danger que
l'on court très souvent.

Le véritable chasseur de profession, le
trappeur de race blanche et lesIndiens pour-
suivent sans relâche les troupeaux de bisons
et en éclaircissent les rangs à coups de lan-
ces, de flèches et de carabines. Cette chasse
ne se fait pas sans péril: on y risque fort
souvent de perdre la vie et on raconte bien
des accidents funestes arrivés aux chasseurs qui se livrent à la poursuite de ces
animaux. L'allure du bison est, en apparence, lourde et disgracieuse. Il roule de
côté et d'autre, comme un navire balloté par
les vagues au milieu de l'Océan ; et cependant cette allure, si elle n'égale pas tout à
fait en vitesse le galop d'un cheval, est beaucoup trop rapide pour permettre à un homme à pied d'atteindre l'animal qu'il poursuit.
Le coureur le plus agile, s'il ne rencontre
pas un arbre, ou quelque autre lieu de refu-

ge, est à peu près sûr d'être écrasé sous ses pieds.

Voici un récit très exact d'une chasse aux bisons dans les prairies du Kansas, par une dizaine d'Européens et une tribu de Pawnies:

« A quelques milles de notre campement, nous découvrîmes un chemin tracé par les bisons. Cette route traversait à angle droit le sentier que nous suivions alors.

« — Je crois qu'il doit y avoir là plus de deux mille têtes de bisons, fit notre guide, le chef de la tribu, des taureaux, des vaches, des veaux, et de jeunes bêtes d'un an. De sorte que nous n'aurons qu'à choisir la viande qui nous conviendra le mieux : bœuf, veau, à notre fantaisie.

« Les traces que nous examinions sur le sol étaient en si grand nombre qu'on sentait bien que les détails donnés par le chef indien devaient être d'une parfaite exactitude.

« Nous nous mîmes donc en route sur la

piste des bisons, animés des plus vives espé
rances.

« A peine avions-nous fait quelque cent
pas qu'une scène singulière s'offrit à nos
yeux. Nous nous trouvions au faîte d'une
colline et nous sondions du regard la vallée
peu profonde que traversait le sentier des
bisons. Du fond de ce vallon s'élevait cons
tamment un nuage de poussière, nuage d'a-
bord si intense que nos yeux ne pouvaient
parvenir à le percer. Mais au bout de quelques instants nous aperçûmes un loup qui
fit deux ou trois tours hors du cercle et s'y
rejeta de nouveau. Celui-ci fut suivi par
un autre, puis par un troisième. Ils avaient
tous la gueule ouverte, les yeux étincelants.
D'après leurs hurlements incessants, nous
jugions bien qu'ils étaient engagés dans
une lutte terrible qu'ils se livraient entre
eux, ou qui était dirigée contre un ennemi
d'une autre espèce que la leur.

« Deux guerriers, sur l'ordre du chef,
s'élancèrent à cheval dans la direction de ce

champ de bataille. Nous les suivîmes avec la même allure. Nous tombâmes en plein dans le combat et nous pûmes distinguer l'objet qui avait été attaqué par les loups. C'était un bison de taille monstrueuse, qui paraissait très vieux ; son sang coulait en abondance de ses naseaux et de ses lèvres et, malgré ses blessures, malgré sa caducité, la vaillante bête avait réussi à mettre sept loups hors de combat.

« Nous eûmes pitié de la pauvre bête et d'un avis commun on mit fin à ses souffrances en lui envoyant une balle dans la tête. Elle tomba bientôt à terre, les quatre pieds en l'air.

« La dépouille de l'animal fut vite enlevée ; quant à la chair, elle fut jugée trop dure pour servir à nos repas : on l'abandonna aux loups et aux vautours.

« Le lendemain, nous aperçûmes un immense troupeau de bisons dans un vallon qui était formé par un *canon*, autrement dit un entonnoir terminé d'un côté par une

montagne dont les flancs étaient coupés à
pic de l'autre côté de la pente douce. Le plan
de nos alliés les Peaux-Rouges fut vite tracé.
Il s'agissait de faire remonter les pentes de
la montagne au gros gibier que nous chas-
sions, de façon à ce que toute la harde pous-
sée par nos chevaux allât se précipiter de
l'autre côté du *canon* dans le vide et se briser
sur le revers de la montagne.

« Le point le plus difficile n'était pas d'arriver à réussir au dernier moment, mais
bien de cerner les bisons sans les effarou-
cher. Pour y parvenir, nos Indiens se revê-
tirent de la peau des loups qu'ils avaient
recueillie, et, une fois déguisés de la sorte,
s'avancèrent à quatre pattes, comme eussent
pu le faire ces carnassiers. De temps en
temps on les entendait pousser des cris
rauques, de façon à imiter la voix des «coyo-
tes ». Puis ils harcelèrent les bisons et les
amenèrent à se grouper comme le fait un
bataillon carré de soldats pour se garder de
l'attaque.

« A mesure que les Peaux-Rouges, habillés en loups, gagnaient du terrain, les bisons reculaient et remontaient vers la cime du précipice.

« Ce fut le moment choisi par le chef des Indiens pour donner le signal. Il se précipita en avant ; ses cavaliers le suivaient en demi-cercle et ils parvinrent ainsi à vingt mètres des animaux qui, pris d'une terreur panique, se jetèrent en avant et remontèrent jusqu'au sommet.

« Tout à coup un bruit terrible se fit entendre, toute la bande, à vingt ou vingt cinq exceptions près, trouva le vide sous ses pieds, et cet amas de bêtes vivantes tomba au fond d'un ravin où les unes écrasèrent les autres. Cette boucherie nous parut à nous autres Européens, aussi inutile que cruelle. Mais les Indiens n'étaient point de notre avis. Ils trouvaient dans cette chasse une ample provision de robes de bisons, de chair à conserver pour faire du *Tijou* et enfin de langues pour fumer et pour vendre aux *échangeurs* des Etats-Unis.

« On fit le tour du ravin et au fur et à mesure qu'on enlevait les morts et les blessés on étalait ceux-ci sur le sol et on achevait les autres à coups de carabine et de revolver. Lorsque tous ceux qui se trouvaient dans le fond de ce trou furent retirés, il y avait cent quarante-sept bisons assommés ou tués, ce qui fit une ample provision de fourrures et de viande à dessécher.

« Je n'exagèrerai rien en disant que le fond du précipice était plein d'un ruisseau de sang. »

Après la description de cette chasse, je crois qu'on peut tirer l'échelle.

Toutefois j'achèverai cet article par la narration d'une course en plein désert américain qui s'est passée il y a deux ans sur les rails du *Continental Pacific Railway* allant de Saint-Louis à San Francisco, à travers les prairies et les montagnes Rocheuses.

Le convoi, parti le 27 juillet 1878, était

parvenu sans encombre au milieu de sa route, lorsque, au détour d'une courbe tracée le long d'un rocher, le conducteur du train aperçut sur les rails une bande de bisons, couchée et semblant complétement au repos.

La première chose que fit l'*ingincer* américain fut de stopper et de prévenir les voyageurs de ce qui se passait. Généralement on ne se met pas en route pour la Californie sans emporter des armes : aussi sur cent dix-neuf voyageurs qui composaient le convoi, soixante et tant avaient-ils avec eux des rifles et des revolvers.

Les charger, les amorcer, tout cela se fit en un clin d'œil, puis on courut aux plates-formes. Du haut de ce promontoire, il était facile de dominer la position. Aussi chacun se trouva-t-il à son poste, prêt à faire feu des deux côtés, au moment où le troupeau de bisons passerait devant la machine.

Le chef de la harde d'animaux s'étant levé avait poussé un beuglement terrible, et à cet appel tous les autres bisons s'étaient hissés sur leurs pieds.

On eût pu croire qu'ils allaient faire volte-face et fuir au plus vite loin de la voie ferrée. Mais quel ne fut pas l'étonnement de tous les voyageurs chasseurs en voyant la bande entière s'élancer sur la machine, tête baissée, comme eût pu le faire un taureau qui attaquerait un ennemi!

Le spectacle était nouveau, unique dans son genre. Le chauffeur était à son poste, les mains sur la clef du piston. Quand il vit toute la troupe engagée dans cette mêlée sans pareille, il lâcha le sifflet et l'on put entendre, au milieu des beuglements de terreur et du bruit de la machine qui grondait, une sorte de détonation de mitrailleuse produite par les coups de feu des voyageurs.

Les animaux avaient pris la fuite, affolés de terreur; mais trois d'entre eux, devenus furieux par les mouvements des roues, s'acharnaient contre le fer et enchevêtraient leurs cornes dans les rayons des roues.

Au moment où l'on stoppa, le dernier bison roulait par terre, atteint d'une balle en pleine poitrine.

On ramassa les morts, il y en avait neuf, et le convoi rentra à San-Francisco, cinq jours après, avec une cargaison de venaison qui fit prime dans la capitale de l'or et des parvenus.

FIN.

TABLE

—

FIN DE LA TABLE.

LA CHIN

EXPLOITS DE BABYLAS TRICHON

Par EUGÈNE PARÈS

LIMOGES

EUGÈNE ARDANT ET Cⁱᵉ, ÉDITEURS.

www.ingramcontent.com/pod-product-compliance
Lightning Source LLC
Chambersburg PA
CBHW070815250626
47170CB00006B/2107